高瀬舟／山椒大夫

朗読CD付

森 鷗外

海王社文庫

目次

高瀬舟

高瀬舟《たかせぶね》は京都の高瀬川*を上下する小舟である。徳川時代に京都の罪人が遠島を申し渡されると、本人の親類が牢屋敷《ろうやしき》へ呼び出されて、そこで暇乞《いとまごい》をすることを許された。それから罪人は高瀬舟に載せられて、大阪へ廻されることであった。それを護送するのは、京都町奉行《まちぶぎょう》の配下にいる同心*《どうしん》で、この同心は罪人の親類の中《うち》で、主立《おもだ》った一人《いちにん》を大阪まで同船させることを許す慣例であった。これは上《かみ》へ通った事ではないが、所謂《いわゆる》大目に見るのであった。黙許であった。

当時遠島を申し渡された罪人は、勿論《もちろん》重い科《とが》を犯したものと認められた人ではあるが、決して盗《ぬすみ》をするために、人を殺し火を放ったと云《い》うような、獰悪《どうあく》な人物が多数を占めていたわけではない。高瀬舟に乗る罪人の過半は、所謂心得違《こころえちがい》のために、想《おも》わぬ科を犯した人であった。有り触れた例を挙げてみれば、当時相対死*《あいたいし》と云った情死を謀《はか》って、相手の女を殺して、自分だけ活《い》き残った男と云うような類《たぐい》である。

そう云う罪人を載せて、入相*《いりあい》の鐘の鳴るころに漕《こ》ぎ出された高瀬舟は、黒ずんだ京都の町の家々を両岸に見つつ、東へ走って、加茂川《かもがわ》を横ぎって下るのであった。この舟の中で、罪人とその親類の者とは夜どおし身の上を語り合う。いつもいつも悔やんでも還《かえ》らぬ繰言《くりごと》である。護送の役をする同心は、傍《そば》でそれを聞いて、罪人を出した親《しん》戚眷族《せきけんぞく》の悲惨な境遇を細かに知ることが出来た。所詮《しょせん》町奉行の白州《しらす》で、表向きの口供《こうきょう》を聞いたり、役所の机の上で、口書《くちがき》を読んだりする役人の夢にも窺《うかが》うことの出来ぬ境遇である。

同心を勤める人にも、種々《いろいろ》の性質があるから、この時只《ただ》うるさいと思って、耳を掩《おお》いたく思う冷淡な同心があるかと思えば、またしみじみと人の哀《あわれ》を身に引き受けて、役柄ゆえ気色《けしき》には見せぬながら、無言の中《うち》に私《ひそ》かに胸を痛める同心もあった。場合によって非常に悲惨な境遇に陥った罪人とその親類とを、特に心弱い、涙脆《もろ》い同心が*宰領して行くことになると、その同心は不覚の涙を禁じ得ぬのであった。

そこで高瀬舟の護送は、町奉行所の同心仲間で、不快な職務として嫌われていた。

いつの頃であったか。たぶん江戸で*白河楽翁《しらかわらくおう》侯が*政柄《せいへい》を執っていた*寛政《かんせい》の頃ででもあっただろう。智恩院《ちおんいん》の桜が入相の鐘に散る春の夕《ゆうべ》に、これまで類のない、珍《めずら》しい

罪人が高瀬舟に載せられた。

それは名を喜助《きすけ》と云って、三十歳ばかりになる、住所不定《ふじょう》の男である。固《もと》より牢屋敷に呼び出されるような親類はないので、舟にも只一人で乗った。

護送を命ぜられて、一しょに舟に乗り込んだ同心羽田庄兵衛《はねだしょうべえ》は、只喜助が弟殺しの罪人だと云うことだけを聞いていた。さて牢屋敷から桟橋まで連れて来る間、この痩《やせ》肉《じし》の、色の蒼白《あおじろ》い喜助の様子を見るに、いかにも神妙《しんびょう》に、いかにもおとなしく、自分をば公儀の役人として敬って、何事につけても逆《さから》わぬようにしている。しかもそれが、罪人の間に往々見受けるような、温順を装《よそお》って権勢に媚《こ》びる態度ではない。

庄兵衛は不思議に思った。そして舟に乗ってからも、単に役目の表で見張っているばかりでなく、絶えず喜助の挙動に、細かい注意をしていた。

その日は暮方から風が歇《や》んで、空一面を蔽《おお》った薄い雲が、月の輪郭《りんかく》をかすませ、ようよう近寄って来る夏の温さが、両岸の土からも、川床《かわどこ》の土からも、靄《もや》になって立ち昇るかと思われる夜であった。下京《しもきょう》の町を離れて、加茂《かも》川を横ぎった頃からは、あたりがひっそりとして、只舳《へさき》に割《さ》かれる水のささやきを聞くのみである。

夜舟で寝ることは、罪人にも許されているのに、喜助は横になろうともせず、雲の濃淡に従って、光の増したり減じたりする月を仰いで、黙っている。その額は晴やかで目には微《かす》かなかがやきがある。

庄兵衛はまともには見ていぬが、始終喜助の顔から目を離さずにいる。そして不思議だ、不思議だと、心の内で繰り返している。それは喜助の顔が縦から見ても、横から見ても、いかにも楽しそうで、若《も》し役人に対する気兼《きがね》がなかったなら、口笛を吹きはじめるとか、鼻歌を歌い出すとかしそうに思われたからである。

庄兵衛は心の内に思った。これまでこの高瀬舟の宰領をしたことは幾度《いくたび》だか知れない。しかし載せて行く罪人は、いつも殆《ほとん》ど同じように、目も当てられぬ気の毒な様子をしていた。それにこの男はどうしたのだろう。遊山船《ゆさんぶね》にでも乗ったような顔をしている。罪は弟を殺したのだそうだが、よしやその弟が悪い奴で、それをどんな行掛りになって殺したにせよ、人の情として好《い》い心持はせぬ筈《はず》である。この色の蒼い痩男が、その人の情と云うものが全く欠けている程の、世にも稀《まれ》な悪人であろうか。どうもそうは思われない。ひょっと気でも狂っているのではあるまいか。いやいや。それにしては何一つ辻褄《つじつま》の合わぬ言語《ことば》や挙動がない。この男はどうしたのだろう。庄兵衛がためには喜助の態度が考えれば考える程わからなくなるのである。

るのか」

暫《しば》くして、庄兵衛はこらえ切れなくなって呼びかけた。「喜助。お前何を思ってい

「はい」と云ってあたりを見廻した喜助は、何事をかお役人に見咎《みとが》められたのではな
いかと気遣うらしく、居ずまいを直して庄兵衛の気色を伺った。

庄兵衛は自分が突然問を発した動機を明《あか》して、役目を離れた応対を求める分疏《いいわけ》をし
なくてはならぬように感じた。そこでこう云った。「いや。別にわけがあって聞いた
のではない。実はな、己《おれ》は先刻《さっき》からお前の島へ往《ゆ》く心持が聞いてみたかったのだ。己
はこれまでこの舟で大勢の人を島へ送った。それは随分いろいろな身の上の人だった
が、どれもどれも島へ往くのを悲しがって、見送りに来て、一しょに舟に乗る親類の
ものと、夜どおし泣くに極《き》まっていた。それにお前の様子を見れば、どうも島へ往く
のを苦にしてはいないようだ。一体お前はどう思っているのだい」

喜助はにっこり笑った。「御親切に仰《おっし》ゃって下すって、難有《ありがと》うございます。なる程

島へ往くということは、外の人には悲しい事でございましょう。その心持はわたくしにも思い遣《や》ってみることが出来ます。しかしそれは世間で楽をしていた人だからでございます。京都は結構な土地ではございますが、その結構な土地で、これまでわたくしのいたして参ったような苦しみは、どこへ参ってもなかろうと存じます。お上《かみ》のお慈悲で、命を助けて島へ遣って下さいます。島はよしやつらい所でも、鬼の栖《す》む所ではございますまい。わたくしはこれまで、どこと云って自分のいて好い所と云うものがございませんでした。こん度お上で島にいろと仰ゃって下さいます。そのいろと仰ゃる所に落ち著《つ》いていることが出来ますのが、先《ま》ず何よりも難有い事でございます。それにわたくしはこんなにかよわい体ではございますが、ついぞ病気をいたしたことはございませんから、島へ往《い》ってから、どんなつらい為事《しごと》をしたって、体を痛めるようなことはあるまいと存じます。それからこん度島へお遣下さるに付きまして、二百文の鳥目《*ちょうもく》を戴《いただ》きました。それをここに持っております」こう云い掛けて、喜助は胸に手を当てた。遠島を仰《おお》せ附けられるものには、鳥目二百銅を遣《つかわ》すと云うのは、当時の掟《おきて》であった。

喜助は語《ことば》を続《つ》いだ。「お恥ずかしい事を申し上げなくてはなりませぬが、わたくしは今日《こんにち》まで二百文というお足《あし》を、こうして懐《ふところ》に入れて持っていたことはございませぬ。どこかで為事に取り附きたいと思って、為事を尋ねて歩きまして、それが見附かり次第、骨を惜しまずに働きました。そして貰った銭は、いつも右から左へ人手に渡さなくてはなりませなんだ。それも現金で物が買って食べられる時は、わたくしの工面《くめん》の好い時で、大抵は借りたものを返して、また跡《あと》を借りたのでございます。それがお牢に這入《はい》ってからは、為事をせずに食べさせて戴きます。わたくしはそればかりでも、お上に対して済まない事をいたしているようでなりませぬ。それにお牢を出る時に、この二百文を戴きましたのでございます。こうして相変らずお上の物を食べていてみますれば、この二百文はわたくしが使わずに持っていることが出来ます。お足を自分の物にして持っていると云うことは、わたくしにとっては、これが始《はじめ》でございます。島へ往ってみますまでは、どんな為事が出来るかわかりませんが、わたくしはこの二百文を島でする為事の本手《もとで》にしようと楽んでおります」こう云って、喜助は口を噤《つぐ》んだ。

庄兵衛は「うん、そうかい」とは云ったが、聞く事毎《ことごと》に余り意表に出たので、これも暫く何も云うことが出来ずに、考え込んで黙っていた。

庄兵衛はかれこれ初老に手の届く年になっていて、もう女房に子供を四人生ませている。それに老母が生きているので、家は七人暮しである。平生人《へいぜいにん》には吝嗇《りんしょく》と云われる程の、倹約な生活をしていて、衣類は自分が役目のために著《き》るものの外、寝巻しか拵《こしら》えぬ位にしている。しかし不幸な事には、妻を好い身代の商人の家から迎えた。そこで女房は夫の貰う扶持米《ふちまい》で暮しを立てて行こうとする善意はあるが、裕《ゆたか》な家に可哀がられて育った癖があるので、夫が満足する程手元を引き締めて暮らして行くことが出来ない。動《やや》もすれば月末になって勘定が足りなくなる。すると女房が内証で里から金を持って来て帳尻《ちょうじり》を合わせる。それは夫が借財と云うものを毛虫のように嫌うからである。そう云う事は所詮夫に知れずにはいない。庄兵衛は五節句*だと云っては、里方から物を貰い、子供の七五三の祝だと云っては、里方から子供に衣類を貰うのでさえ、心苦しく思っているのだから、暮しの穴を塡《う》めて貰ったのに気が附いては、好い顔はしない。格別平和を破るような事のない羽田の家に、折々波風の起こるのは、これが原因である。

庄兵衛は今喜助の話を聞いて、喜助の身の上をわが身の上に引き比べてみた。喜助は為事をして給料を取っても、右から左へ人手に渡して亡《な》くしてしまうと云った。いかにも哀な、気の毒な境界《きょうがい》である。しかし一転してわが身の上を顧みれば、彼と我との間に、果たしてどれ程の差があるか。自分も上から貰う扶持米を、右から左へ人手に渡して暮しているに過ぎぬではないか。彼と我との相違は、謂《い》わば十露盤《そろばん》の桁《けた》が違っているだけで、喜助の難有がる二百文に相当する貯蓄だに、こっちはないのである。

さて桁を違えて考えてみれば、鳥目二百文をでも、喜助がそれを貯蓄とみて喜んでいるのに無理はない。その心持はこっちから察して遣ることが出来る。しかしいかに桁を違えて考えてみても、不思議なのは喜助の慾《よく》のないこと、足ることを知っていることである。

喜助は世間で為事を見附けるのに苦しんだ。それを見附けさえすれば、骨を惜まずに働いて、ようよう口を糊《のり》することの出来るだけで満足した。そこで牢に入《い》ってからは、今まで得難かった食が、殆ど天から授けられるように、働かずに得られるのに驚いて、生れてから知らぬ満足を覚えたのである。

庄兵衛はいかに桁を違えて考えてみても、ここに彼と我との間に、大いなる懸隔《けんかく》のあることを知った。自分の扶持米で立てて行く暮しは、折々足らぬことがあるにしても、大抵出納《すいとう》が合っている。手一ぱいの生活である。然《しか》るにそこに満足を覚えたことは殆どない。常は幸《さいわい》とも不幸とも感ぜずに過ごしている。しかし心の奥には、こうして暮していて、ふいとお役が御免になったらどうしよう、大病にでもなったらどうしようと云う疑懼《ぎく》が潜んでいて、折々妻が里方から金を取り出して来て穴塡《あなうめ》をしたことなどがわかると、この疑懼が意識の閾《しきい》の上に頭を擡《もた》げて来るのである。

一体この懸隔はどうして生じて来るだろう。只上辺《うわべ》だけを見て、それは喜助には身に係累《けいるい》がないのに、こっちにはあるからだと云ってしまえばそれまでである。しかしそれは嘘《うそ》である。よしや自分が一人者であったとしても、どうも喜助のような心持にはなられそうにない。この根底《こんてい》はもっと深い処《ところ》にあるようだと、庄兵衛は思った。

庄兵衛は只漠然と、人の一生というような事を思ってみた。人は身に病《やまい》があると、この病がなかったらと思う。その日その日の食がないと、食って行かれたらと思う。万一の時に備える蓄《たくわえ》がないと、少しでも蓄があったらと思う。蓄があっても、またその蓄がもっと多かったらと思う。かくの如《ごと》くに先から先へと考えてみれば、人はどこまで往って踏み止《と》まることが出来るものやら分からない。それを今目の前で踏み止まって見せてくれるのがこの喜助だと、庄兵衛は気が附いた。

庄兵衛は今さらのように驚異の目を睜《みは》って喜助を見た。この時庄兵衛は空を仰いでいる喜助の頭から毫光《ごうこう》*がさすように思った。

庄兵衛は喜助の顔をまもりつつまた、「喜助さん」と呼び掛けた。今度は「さん」と云ったが、これは十分の意識を以《もっ》て称呼を改めたわけではない。その声がわが口から出てわが耳に入るや否や、庄兵衛はこの称呼の不穏当なのに気が附いたが、今さら既に出た詞《ことば》を取り返すことも出来なかった。

「はい」と答えた喜助も、「さん」と呼ばれたのを不審に思うらしく、おそるおそる庄兵衛の気色を覗《うかが》った。

庄兵衛は少し間の悪いのをこらえて云った。「いろいろの事を聞くようだが、お前が今度島へ遣られるのは、人をあやめたからだと云う事だ。己に序《つい》でにそのわけを話して聞せてくれぬか」

喜助はひどく恐れ入った様子で、「かしこまりました」と云って、小声で話し出した。「どうも飛んだ心得違で、恐ろしい事をいたしまして、なんとも申し上げようがございませぬ。跡で思ってみますと、どうしてあんな事が出来たかと、自分ながら不思議でなりませぬ。全く夢中でいたしましたのでございます。わたくしは小さい時に二親《ふたおや》が時疫《じえき》で亡くなりまして、弟と二人跡に残りました。初《はじめ》は丁度軒下に生まれた狗《いぬ》の子にふびんを掛けるように町内の人たちがお恵《めぐみ》下さいますので、近所中の走使《はしりづかい》などをいたして、飢え凍えもせずに、育ちました。次第に大きくなりまして職を捜しますにも、なるたけ二人が離れないようにいたして、一しょにいて、助け合って働きました。去年の秋の事でございます。わたくしは弟と一しょに、西陣《にしじん》の織場《おりば》に這入りまして、*空《そら》引《びき》と云うことをいたすことになりました。そのうち弟が病気で働けなくなったのでございます。その頃わたくし共は北山の掘立《ほったて》小屋同様の所に寝起きをいたして、紙屋川《かみやがわ》の橋を渡って織場へ通っておりましたが、わたくしが暮れてから、食物などを買って帰ると、弟は待ち受けていて、わたくしを一人で稼がせては済まない済まないと申しておりました。ある日いつものように何心なく帰って見ますと、弟は布団《ふとん》の上に突っ伏していまして、周囲《まわり》は血だらけなのでございます。わたくしはびっくりいたして、手に持っていた竹の皮包みや何かを、そこへおっぽり出して、傍へ往って『どうしたどうした』と申しました。すると弟は真蒼《まっさお》な顔の、両方の頬から腮《あご》へ掛けて血に染まったのを挙げて、わたくしを見ましたが、物を云うことが出来ませぬ。息をいたす度に、創口《きずぐち》でひゅうひゅうと云う音がいたすだけでございます。わたくしにはどうも様子がわかりませんので、『どうしたのだい、血を吐いたのかい』と云って、傍へ寄ろうといたすと、弟は右の手を床《とこ》に衝《つ》いて、少し体を起こしました。左の手はしっかり腮の下の所を押えていますが、その指の間から黒血の固まりがはみ出しています。弟は目でわたくしの傍へ寄るのを留めるようにして口を利《き》きました。ようよう物が言えるようになったのでございます。『済まない。どうぞ堪忍《かんにん》してくれ。どうせなおりそうにもない病気だから、早く死んで少しでも兄きに楽がさせたいと思ったのだ。笛*を切ったら、すぐ死ねるだろうと思ったが息がそこから漏れるだけで死ねない。深く深くと思って、力一ぱい押し込むと、横へすべってしまった。刃は飜《こぼ》れはしなかったようだ。これを旨《うま》く抜いてくれたら己は死ねるだろうと思っている。物を云うのがせつなくって可《い》けない。どうぞ手を借《か》して抜いてくれ』と云うのでございます。弟が左の手を弛《ゆる》めるとそこからまた息が漏ります。わたくしはなんと云おうにも、声が出ませんので、黙って弟の喉《のど》の創《きず》を覗いて見ますと、なんでも右の手に剃刀《かみそり》を持って、横に笛を切ったが、それでは死に切れなかったので、そのまま剃刀を、刳《えぐ》るように深く突っ込んだものと見えます。柄《え》がやっと二寸ばかり創口から出ています。わたくしはそれだけの事を見て、どうしようと云う思案も附かずに、弟の顔を見ました。弟はじっとわたくしを見詰めています。わたくしはやっとの事で、『待っていてくれ、お医者を呼んで来るから』と申しました。弟は怨《うら》めしそうな目附をいたしましたが、また左の手で喉をしっかり押えて、『医者がなんになる、ああ苦しい、早く抜いてくれ、頼む』と云うのでございます。わたくしは途方に暮れたような心持になって、ただ弟の顔ばかり見ております。こんな時は、不思議なもので、目が物を言います。弟の目は『早くしろ、早くしろ』と云って、さも怨めしそうにわたくしを見ています。わたくしの頭の中では、なんだかこう車の輪のような物がぐるぐる廻っているようでございましたが、弟の目は恐ろしい催促を罷《や》めません。それにその目の怨めしそうなのが段々険しくなって来て、とうとう敵の顔をでも睨《にら》むような、憎々しい目になってしまいます。それを見ていて、わたくしはとうとう、これは弟の言った通にして遣らなくてはならないと思いました。わたくしは『しかたがない、抜いて遣るぞ』と申しました。すると弟の目の色がからりと変って、晴やかに、さも嬉《うれ》しそうになりました。わたくしはなんでもひと思いにしなくてはと思って膝《ひざ》を撞《つ》くようにして体を前へ乗り出しました。弟は衝いていた右の手を放して、今まで喉を押えていた手の肘《ひじ》を床に衝いて、横になりました。わたくしは剃刀の柄をしっかり握って、ずっと引きました。この時わたくしの内から締めておいた表口の戸をあけて、近所の婆《ば》あさんが這入って来ました。留守の間《ま》、弟に薬を飲ませたり何かしてくれるように、わたくしの頼んでおいた婆あさんなのでございます。もうだいぶ内のなかが暗くなっていましたから、わたくしには婆あさんがどれだけの事を見たのだかわかりませんでしたが、婆あさんはあっと云ったきり、表口をあけ放しにしておいて駆け出してしまいました。わたくしは剃刀を抜く時、手早く抜こう、真直《まっすぐ》に抜こうと云うだけの用心はいたしましたが、どうも抜いた時の手応《てごたえ》は、今まで切れていなかった所を切ったように思われました。刃が外の外へ向いていましたから、外の方が切れたのでございましょう。わたくしは剃刀を握ったまま、婆あさんの這入って来てまた駆け出して行ったのを、ぼんやりして見ておりました。婆あさんが行ってしまってから、気が附いて弟を見ますと、弟はもう息が切れておりました。創口からは大そうな血が出ておりました。それから年寄*衆がお出になって、役場へ連れて行かれますまで、わたくしは剃刀を傍に置いて、目を半分あいたまま死んでいる弟の顔を見詰めていたのでございます」

少し俯向《うつむ》き加減になって庄兵衛の顔を下から見上げて話していた喜助は、こう云ってしまって視線を膝の上に落とした。

喜助の話は好く条理が立っている。殆ど条理が立ち過ぎていると云っても好い位である。これは半年程の間、当時の事を幾度も思い浮べてみたのと、役場で問われ、町奉行所で調べられるその度毎に、注意に注意を加えて浚《さら》ってみさせられたのとのためである。

庄兵衛はその場の様子を目《ま》のあたり見るような思いをして聞いていたが、これが果たして弟殺しと云うものだろうか、人殺しと云うものだろうかという疑《うたがい》が、話を半分聞いた時から起こって来て、聞いてしまっても、その疑を解くことが出来なかった。弟は剃刀を抜いてくれたら死なれるだろうから、抜いてくれと云った。それを抜いて遣って死なせたのだ、殺したのだとは云われる。しかしそのままにしておいても、どうせ死ななくてはならぬ弟であったらしい。それが早く死にたいと云ったのは、苦しさに耐えなかったからである。喜助はその苦を見ているに忍びなかった。苦から救って遣ろうと思って命を絶った。それが罪であろうか。殺したのは罪に相違ない。しかしそれが苦から救うためであったと思うと、そこに疑が生じて、どうしても解けぬのである。

庄兵衛の心の中《うち》には、いろいろに考えてみた末に、自分よりも上のものの判断に任す外ないと云う念、*オオトリテエに従う外ないと云う念が生じた。庄兵衛はお奉行様の判断を、そのまま自分の判断にしようと思ったのである。そうは思っても、庄兵衛はまだどこやらに腑《ふ》に落ちぬものが残っているので、なんだかお奉行様に聞いてみたくてならなかった。

次第に更《ふ》けてゆく朧夜《おぼろよ》に、沈黙の人二人を載せた高瀬舟は、黒い水の面をすべって行った。

高瀬舟縁起《えんぎ》

京都の高瀬川は、五条《ごじょう》から南は天正十五年に、二条《にじょう》から五条までは慶長《けいちょう》十七年に、*角倉了以《すみのくらりょうい》が掘ったものだそうである。そこを通う舟は曳舟《ひきふね》である。原来《がんらい》たかせは舟の名で、その舟の通う川を高瀬川と云《い》うのだから、同名の川は諸国にある。しかし舟は曳舟には限らぬので、*和名鈔《わみょうしょう》には*釈名の「艇小而深者曰舼《ていせうにしてふかきものをきようといふ》」とある舼《きょう》の字をたかせに当ててある。*竹柏園文庫《ちくはくえんぶんこ》の*和漢船用集を借覧するに、「おもて高く、とも、よこどもにて、低く平《たいら》なるものなり」と云ってある。そして図には、篙《さお》で行《や》る舟がかいてある。

徳川《とくがわ》時代には京都の罪人が遠島を言い渡されると、高瀬舟で大阪へ廻《まわ》されたそうである。それを護送してゆく京都町奉行附の同心が悲しい話ばかり聞かせられる。あるときこの舟に載せられた兄弟殺しの科《とが》を犯した男が、少しも悲しがっていなかった。その仔細《しさい》を尋ねると、これまで食を得ることに困っていたのに、遠島を言い渡された時、銅銭二百文を貰《もら》ったが、銭を使わずに持っているのは始《はじめて》だと答えた。また人殺しの科はどうして犯したかと問えば、兄弟は西陣に傭《やと》われて、空引きということをしていたが、給料が少なくて暮しが立ち兼ねた、そのうち同胞が自殺を謀《はか》ったが、死に切れなかった、そこで同胞が所詮《しょせん》助からぬから殺してくれと頼むので殺して遣《や》ったと云った。

この話は＊翁草《おきなぐさ》に出ている。＊池辺義象《いけべよしたか》さんの校訂《こうてい》した活字本で一ペエジ余に書いてある。私はこれを読んで、その中に二つの大きい問題が含まれていると思った。一つは財産と云うものの観念である。銭を待ったことのない人の銭を持った喜《よろこび》は、銭の多少には関せない。人の欲には限《かぎり》がないから、銭を持ってみると、いくらあればよいという限界は見出《みいだ》されないのである。二百文を財産として喜んだのが面白い。今一つは死にかかっていて死なれずに苦んでいる人を、死なせて遣ると云う事である。人を死なせて遣れば、即《すなわ》ち殺すと云うことになる。どんな場合にも人を殺してはならない。翁草にも、教えのない民だから、悪意がないのに人殺しになったというような、批評の詞《ことば》があったように記憶する。しかしこれはそう容易に杓子定木《しゃくしじょうぎ》で決してしまわれる問題ではない。ここに病人があって死に瀕《ひん》して苦んでいる。それを救う手段は全くない。傍《そば》からその苦むのを見ている人はどう思うであろうか。縦令《たとい》教のある人でも、どうせ死ななくてはならぬものなら、あの苦みを長くさせておかずに、早く死なせて遣りたいと云う情は必ず起る。ここに麻酔薬を与えて好いか悪いかと云う疑いが生ずるのである。その薬は致死量でないにしても、薬を与えれば、多少死期を早くするかも知れない。それゆえ遣らずにおいて苦ませていなくてはならない。従来の道徳は苦ませておけと命じている。しかし医学社会には、これを非とする論がある。即ち死に瀕して苦むものがあったら、楽に死なせて、その苦を救ってやるがいいと云うのである。これを*ユウタナジイという。楽に死なせると云う意味である。高瀬舟の罪人は、ちょうどそれと同じ場合にいたように思われる。私にはそれがひどく面白い。

こう思って私は「高瀬舟」と云う話を書いた。中央公論で公にしたのがそれである。

山椒大夫

＊越後《えちご》の春日《かすが》を経て今津《いまづ》へ出る道を、珍らしい旅人の一群《ひとむれ》が歩いている。母は三十歳を踰《こ》えたばかりの女で、二人の子供を連れている。姉は十四、弟は十二である。それに四十位の女中が一人附いて、草臥《くたび》れた同胞《はらから》二人を、「もうじきにお宿にお著《つき》なさいます」と云《い》って励まして歩かせようとする。二人の中で、姉娘は足を引き摩《ず》るようにして歩いているが、それでも気が勝っていて、疲れたのを母や弟に知らせまいとして、折々思い出したように弾力のある歩附《あるきつき》をして見せる。近い道を物詣《ものまい》りにでも歩くのなら、ふさわしくも見えそうな一群れであるが、笠《かさ》やら杖《つえ》やら甲斐《かい》々《がい》しい出立《いでた》ちをしているのが、誰《たれ》の目にも珍らしく、また気の毒に感ぜられるのである。

道は百姓家の断《た》えたり続いたりする間を通っている。砂や小石は多いが、秋日和《あきびより》に好《よ》く乾いて、しかも粘土が雑《まじ》っているために、好く固まっていて、海の傍《そば》のように踝《くるぶし》を埋《うず》めて人を悩ますことはない。

藁葺《わらぶ》きの家が何軒も立ち並んだ一構《ひとかま》えが柞《ははそ》の林に囲まれて、それに夕日がかっと差している処《ところ》に通り掛かった。

「まあ あの美しい紅葉《もみじ》をごらん」と、先に立っていた母が指さして子供に云った。

子供は母の指さす方を見たが、なんとも云わぬので、女中が云った。「木の葉があんなに染まるのでございますから、朝晩お寒くなりましたのも無理はございませんね」

姉娘が突然弟を顧みて云った。「早くお父う様のいらっしゃる処へ往《ゆ》きたいわね」

「姉《ね》えさん。まだなかなか往《い》かれはしないよ」弟は賢《さか》しげに答えた。

母が諭《さと》すように云った。「そうですとも。今まで越して来たような山を沢山越して、河や海をお船で度々《たびたび》渡らなくては往かれないのだよ。毎日精出して大人《おとな》しく歩かなくては」

「でも早く往きたいのですもの」と、姉娘は云った。

一群れは暫《しばら》く黙って歩いた。

向うから空桶《からおけ》を担《かつ》いで来る女がある。塩浜から帰る潮汲《しおくみ》女である。

それに女中が声を掛けた。「申《も》し申《も》し。この辺に旅の宿をする家はありませんか」

潮汲女は足を駐《と》めて、主従四人の群を見渡した。そしてこう云った。「まあ、お気の毒な。生憎《あいにく》な所で日が暮れますね。この土地には旅の人を留めて上げる所は一軒もありません」

女中が云った。「それは本当ですか。どうしてそんなに人気《じんき》が悪いのでしょう」

二人の子供は、はずんで来る対話の調子を気にして、潮汲女の傍へ寄ったので、女中と三人で女を取り巻いた形になった。

潮汲女は云った。「いいえ。信者が多くて人気の好い土地ですが、国守《くにのかみ》の掟《おきて》だから為方《しかた》がありません。もうあそこに」と云いさして、女は今来た道を指さした。「もうあそこに見えていますが、あの橋までお出でなさると高札《たかふだ》が立っています。それに精《くわ》しく書いてあるそうですが、近頃悪い人買いがこの辺を立ち廻ります。それで旅人に宿を貸して足を留めさせたものにはお咎《とがめ》があります。あたり七軒巻添になるそうです」

「それは困りますね。子供衆もお出でなさるし、もうそう遠くまでは行かれません。どうにか為様《しよう》はありますまいか」

「そうですね。わたしの通う塩浜のあるあたりまで、あなた方がお出でなさると、夜になってしまいましょう。どうもそこらで好い所を見附けて、野宿をなさるより外、為方がありますまい。わたしの思案では、あそこの橋の下にお休なさるが好いでしょう。岸の石垣《いしがき》にぴったり寄せて、河原に大きい材木が沢山立ててあります。荒川の上《かみ》から流して来た材木です。昼間はその下で子供が遊んでいますが、奥の方には日も差さず、暗くなっている所があります。そこなら風も通しますまい。わたしはこうして毎日通う塩浜の持ち主の所にいます。ついそこの柞の森の中です。夜になったら、藁《わら》や薦《こも》を持って往ってあげましょう」

子供等の母は一人離れて立って、この話を聞いていたが、この時潮汲女の傍に進み寄って云った。「好い方に出逢《であ》いましたのは、わたし共の為合《しあわ》せでございます。そこへ往って休みましょう。どうぞ藁や薦をお借申しとうございます。せめて子供達にでも敷かせたり被《き》せたりいたしとうございます」

潮汲女は受け合って、柞の林の方へ帰って行く。主従四人は橋のある方へ急いだ。

荒川に掛け渡した応化橋《おうばけのはし》の袂《たもと》に一群は来た。潮汲女の云った通に、新しい高札が立っている。書いてある国守の掟も、女の詞《ことば》に違《たが》わない。

人買いが立ち廻るなら、その人買の詮議《せんぎ》をしたら好さそうなものである。旅人に足を留めさせまいとして、行き暮れたものを路頭に迷わせるような掟を、国守はなぜ定めたものか。不束《ふつつか》な世話の焼きようである。しかし昔の人の目には掟はどこまでも掟である。子供等の母は只そういう掟のある土地に来合わせた運命を歎《なげ》くだけで、掟の善悪《よしあし》は思わない。

橋の袂に、河原へ洗濯《せんたく》に降りるものの通う道がある。そこから一群は河原に降りた。なる程大層な材木が石垣に立て掛けてある。一群は石垣に沿うて材木の下へ潜《くぐ》って這《は》入《い》った。男の子は面白がって、先に立って勇んで這入った。

奥深く潜《もぐ》って這入ると、洞穴《ほらあな》のようになった所がある。下には大きい材木が横になっているので、床《とこ》を張ったようである。

男の子が先に立って、横になっている材木の上に乗って、一番隅《すみ》へ這入って、「姉えさん、早くお出でなさい」と呼ぶ。

姉娘はおそるおそる弟の傍へ往った。

「まあ、お待遊ばせ」と女中が云って、背に負っていた包を卸した。そして着換の衣類を出して、子供を脇《わき》へ寄らせて、隅の処に敷いた。そこへ親子をすわらせた。

母親がすわると、二人の子供が左右から縋り附いた。岩代《いわしろ》の信夫郡《しのぶごおり》の住家《すみか》を出て、親子はここまで来るうちに、家の中ではあっても、この材木の蔭《かげ》より外らしい所に寝たことがある。不自由にも次第に慣れて、もうさ程苦にはしない。

女中の包から出したのは衣類ばかりではない。用心に持っている食物もある。女中はそれを親子の前に出して置いて云った。「ここでは焚火《たきび》をいたすことは出来ません。若《も》し悪い人に見附けられてはならぬからでございます。あの塩浜の持主とやらの家まで往って、お湯を貰ってまいりましょう。そして藁や薦の事も頼んでまいりましょう」

女中はまめまめしく出て行った。子供は楽しげに*粔籹《おこしごめ》やら、乾した果《くだもの》やらを食べはじめた。

しばらくすると、この材木の蔭へ人の這入って来る足音がした。「姥竹《うばたけ》かい」と母親が声を掛けた。しかし心の内には、柞の森まで往って来たにしては、余り早いと疑った。姥竹というのは女中の名である。

這入って来たのは四十歳ばかりの男である。骨組の逞《たくま》しい、筋肉が一つびとつ肌の上から数えられる程、脂肪の少い人で、牙彫《げぼり》の人形のような顔に笑《えみ》を湛《たた》えて、手に数珠《ずず》を持っている。我家を歩くような、慣れた歩附をして、親子の潜んでいる処へ進み寄った。そして親子の座席にしている材木の端に腰を掛けた。

親子は只驚いて見ている。仇《あだ》をしそうな様子も見えぬので、恐ろしいとも思わぬのである。

男はこんなことを云う。「わしは山岡大夫《やまおかたゆう》という船乗じゃ。この頃この土地を人買が立ち廻ると云うので、国守《こくしゅ》が旅人に宿を貸すことを差し止めた。人買を摑《つか》まえることは、国守の手に合わぬと見える。気の毒なは旅人じゃ。そこでわしは旅人を救うて遣ろうと思い立った。さいわいわしが家は街道を離れているので、こっそり人を留めても、誰《たれ》に遠慮もいらぬ。わしは人の野宿をしそうな森の中や橋の下を尋ね廻って、これまで大勢の人を連れて帰った。見れば子供衆が菓子を食べていなさるが、そんな物は腹の足しにはならいで、歯に障《さわ》る。わしが所ではさしたる饗応《もてなし》はせぬが、芋粥《いもがゆ》でも進ぜましょう。どうぞ遠慮せずに来て下されい」男は強《し》いて誘うでもなく、独語《ひとりごと》のように云ったのである。

子供の母はつくづく聞いていたが、世間の掟に背《そむ》いてまでも人を救おうという難有《ありがた》い志に感ぜずにはいられなかった。そこでこう云った。「承われば殊勝なお心掛けと存じます。貸すなと云う掟のある宿を借りて、ひょっと宿主《やどぬし》に難儀を掛けようかと、それが気掛かりでございますが、わたくしはともかくも、子供等に温《ぬく》いお粥でも食べさせて、屋根の下に休ませることが出来ましたら、その御恩は後の世までも忘れますまい」

山岡大夫は頷《うなず》いた。「さてさて好う物のわかる御婦人じゃ。そんならすぐに案内をして進ぜましょう」こう云って立ちそうにした。

母親は気の毒そうに云った。「どうぞ少しお待下さいませ。わたくし共三人がお世話になるさえ心苦しゅうございますのに、こんな事を申すのはいかがと存じますが、実は今一人連《つれ》がございます」

山岡大夫は耳を欹《そばだ》てた。「連れがおありなさる。それは男か女子《おなご》か」

「子供達の世話をさせに連れて出た女中でございます。湯を貰うと申して、街道を三四町跡へ引き返してまいりました。もう程なく帰ってまいりましょう」

「お女中かな。そんなら待って進ぜましょう」山岡大夫の落ち著いた、底の知れぬような顔に、なぜか喜の影が見えた。

――――――

ここは直江《なおえ》の浦《うら》である。日はまだ米山《よねやま》の背後《うしろ》に隠れていて、紺青《こんじょう》のような海の上には薄い靄《もや》がかかっている。

一群の客を舟に載せて纜《ともづな》を解いている船頭がある。船頭は山岡大夫で、客はゆうべ大夫の家に泊った主従四人の旅人である。

応化橋の下で山岡大夫に出逢った母親と子供二人とは、女中姥竹が欠け損じた瓶子《へいし》に湯を貰って帰るのを待ち受けて、大夫に連れられて宿を借りに往った。姥竹は不安らしい顔をしながら附いて行った。大夫は街道を南へ這入った松林の中の草の家に四人を留めて、芋粥を進めた。そしてどこからどこへ往く旅かと問うた。草臥れた子供等を先へ寝させて、母は宿の主人《あるじ》に身の上のおおよそを、微かな燈火《ともしび》の下《もと》で話した。

自分は岩代のものである。夫が*筑紫《つくし》へ往って帰らぬので、二人の子供を連れて尋ねに往く。姥竹は姉娘の生まれた時から守《もり》をしてくれた女中で、身寄のないものゆえ、遠い、覚束《おぼつか》ない旅の伴《とも》をすることになったと話したのである。

さてここまでは来たが、筑紫の果《はて》へ往くことを思えば、まだ家を出たばかりと云ってよい。これから陸《おか》を行ったものであろうか。または船路《ふなじ》を行ったものであろうか。

主人は船乗であってみれば、定めて遠国のことを知っているだろう。どうぞ教えて貰いたいと、子供等の母が頼んだ。

大夫は知れ切った事を問われたように、少しもためらわずに船路を行くことを勧めた。陸を行けば、じき隣の越中の国に入る界にさえ、親不知子不知《おやしらずこしらず》の難所《なんじょ》がある。削り立てたような巌石の裾《すそ》には荒浪《あらなみ》が打ち寄せる。旅人は横穴に這入って、波の引くのを待っていて、狭い巌石の下の道を走り抜ける。その時は親は子を顧みることが出来ず、子も親を顧みることが出来ない。それは海辺の難所である。また山を越えると、踏まえた石が一つ揺《ゆる》げば、千尋《ちひろ》の谷底に落ちるような、あぶない岨道《そわみち》もある。西国《さいこく》へ往くまでには、どれ程の難所があるか知れない。それとは違って、船路は安全なものである。慥《たし》かな船頭にさえ頼めば、いながらにして百里でも千里でも行かれる。自分は西国まで往くことは出来ぬが、諸国の船頭を知っているから、船に載せて出て、西国へ往く舟に乗り換えさせることが出来る。あすの朝は早速船に載せて出ようと、大夫は事もなげに云った。

夜が明け掛かると、大夫は主従四人をせき立てて家を出た。その時子供等の母は小さい嚢《ふくろ》から金を出して、宿賃を払おうとした。大夫は留めて、宿賃は貰わぬ、しかし金の入れてある大切な嚢は預かっておこうと云った。なんでも大切な品は、宿に著けば宿の主人に、舟に乗れば舟の主《ぬし》に預けるものだと云うのである。

子供等の母は最初に宿を借ることを許してから、主人の大夫の云うことを聴《き》かなくてはならぬような勢になった。掟を破ってまで宿を貸してくれたのを、難有くは思っても、何事によらず云うがままになる程、大夫を信じてはいない。こう云う勢になったのは、大夫の詞に人を押し附ける強みがあって、母親はそれに抗《あらが》うことが出来ぬからである。その抗うことの出来ぬのは、どこか恐ろしい処があるからである。しかし母親は自分が大夫を恐れているとは思っていない。自分の心がはっきりわかっていない。

母親は余儀ないことをするような心持で舟に乗った。子供等は凪《な》いだ海の、青い氈《かも》を敷いたような面《おもて》を見て、物珍しさに胸を跳《おど》らせて乗った。只姥竹が顔には、きのう橋の下を立ち去った時から、今舟に乗る時まで、不安の色が消え失せなかった。

山岡大夫は纜を解いた。篙で岸を一押し押すと、舟は揺めきつつ浮び出た。

山岡大夫は暫く岸に沿うて南へ、越中境の方角へ漕《こ》いで行く。靄は見る見る消えて、波が日に赫《かがや》く。

人家のない岩蔭に、波が砂を洗って、*海松《みる》や荒布《あらめ》を打ち上げている処があった。そこに舟が二艘止まっている。船頭が大夫を見て呼び掛けた。

「どうじゃ。あるか」

大夫は右の手を挙げて、大拇《おやゆび》を折って見せた。そして自分もそこへ舟を舫《もや》った。大拇だけ折ったのは、四人あるという相図である。

前からいた船頭の一人は宮崎《みやざき》の三郎《さぶろう》と云って、*越中宮崎のものである。左の手の拳《こぶし》を開いて見せた。右の手が貨《しろもの》の相図になるように、左の手は銭の相図になる。これは五貫文に附けたのである。

「気張るぞ」と今一人の船頭が云って、左の臂《ひじ》をつと伸べて、一度拳を開いて見せ、ついで示指《ひとさしゆび》を竪《た》てて見せた。この男は佐渡《さど》の二郎《じろう》で六貫文に附けたのである。

「横着者奴《おうちゃくものめ》」と宮崎が叫んで立ち掛かれば、「出し抜こうとしたのはおぬしじゃ」と佐渡が身構をする。二艘の舟がかしいで、舷《ふなばた》が水を笞《むちう》った。

大夫は二人の船頭の顔を冷かに見較《みくら》べた。「慌てるな。どっちも空手では還さぬ。お客様が御窮屈でないように、お二人ずつ分けて進ぜる。賃銭は跡で附けた値段の割じゃ」こう云っておいて、大夫は客を顧みた。「さあ、お二人ずつあの舟へお乗りなされ。どれも西国への便船じゃ。舟足というものは、重過ぎては走りが悪い」

二人の子供は宮崎が舟へ、母親と姥竹とは佐渡が舟へ、大夫が手を執《と》って乗り移らせた。移らせて引く大夫が手に、宮崎も佐渡も幾緡《いく*さし》かの銭を握らせたのである。

「あの、主人にお預けなされた嚢は」と、姥竹が主の袖《そで》を引くとき、山岡大夫は空舟をつと押し出した。

「わしはこれでお暇《いとま》をする。慥かな手から慥かな手へ渡すまでがわしの役じゃ。ご機嫌好うお越しなされ」

艫《ろ》の音が忙《せわ》しく響いて、山岡大夫の舟は見る見る遠ざかって行く。

母親は佐渡に云った。「同じ道を漕いで行って、同じ港に著くのでございましょうね」

佐渡と宮崎とは顔を見合わせて、声を立てて笑った。そして佐渡が云った。「乗る舟は弘誓《*くぜい》の舟、著くは同じ彼岸《かのきし》と、蓮華峰寺《*れんげぶじ》の和尚《おしょう》が云うたげな」

二人の船頭はそれきり黙って舟を出した。佐渡の二郎は北へ漕ぐ。宮崎の三郎は南へ漕ぐ。「あれあれ」と呼びかわす親子主従は、只遠ざかり行くばかりである。

母親は物狂おしげに舷に手をかけて伸び上がった。「もう為方がない。これが別だよ。安寿《あんじゅ》は守本尊《まもりほんぞん》の地蔵様を大切におし。厨子王《ずしおう》はお父様の下さった護刀を大切におし。どうぞ二人が離れぬように」安寿は姉娘、厨子王は弟の名である。

子供は只「お母あ様、お母あ様」と呼ぶばかりである。

舟と舟とは次第に遠ざかる。後には餌を待つ雛《ひな》のように、二人の子供が開いた口が見えていて、もう声は聞えない。

姥竹は佐渡の二郎に「申し船頭さん、申し申し」と声を掛けていたが、佐渡は構わぬので、とうとう赤松の幹のような脚に縋《すが》った。「船頭さん。これはどうした事でございます。あのお嬢様、若様に別れて、生きてどこへ往かれましょう。奥様も同じ事でございます。これから何をたよりにお暮らしなさいましょう。どうぞあの舟の往く方へ漕いで行って下さいまし。後生《ごしょう》でございます」

「うるさい」と佐渡は後様に蹴《け》った。姥竹は舟笭《ふなとこ》に倒れた。髪は乱れて舷に掛かった。

姥竹は身を起した。「ええ。これまでじゃ。奥様、ご免下さいまし」こう云って真逆様に海に飛び込んだ。

「こら」と云って船頭は臂を差し伸ばしたが、間に合わなかった。

母親は袿《うちき》を脱いで佐渡が前へ出した。「これは粗末な物でございますが、お世話になったお礼に差し上げます。わたくしはもうこれでお暇を申します」こう云って舷に手を掛けた。

「たわけが」と、佐渡は髪を攫んで引き倒した。「うぬまで死なせてなるものか。大事な貨じゃ」

佐渡の二郎は*牽絨《つなで》を引き出して、母親をくるくる巻にして転《ころ》がした。そして北へ北へと漕いで行った。

「お母あ様お母あ様」と呼び続けている姉と弟とを載せて、宮崎の三郎が舟は岸に沿うて南へ走って行く。

「もう呼ぶな」と宮崎が叱《しか》った。「水の底の*鱗介《いろくず》には聞えても、あの女子には聞えぬ。

女子供は佐渡へ渡って粟《あわ》の鳥でも逐《お》わせられることじゃろう」

姉の安寿と弟の厨子王とは抱き合って泣いている。故郷を離れるも、遠い旅をするも母と一しょにすることだと思っていたのに、今料《はか》らずも引き分けられて、二人はどうして好いかわからない。只悲しさばかりが胸に溢れて、この別が自分達の身の上をどれだけ変らせるか、その程さえ弁《わきま》えられぬのである。

午《ひる》になって宮崎は餅《もち》を出して食った。そして安寿と厨子王とにも一つずつくれた。二人は餅を手に持って食べようともせず、目を見合わせて泣いた。夜は宮崎が被せた苫《とま》の下で、泣きながら寐入った。

こうして二人は幾日か舟に明かし暮らした。宮崎は越中、*能登《のと》、越前《えちぜん》、*若狭《わかさ》の津々浦々を売り歩いたのである。

しかし二人が穉《おさな》いのに、体もか弱く見えるので、なかなか買おうと云うものがない。たまに買手があっても、値段の相談が調《ととの》わない。宮崎は次第に機嫌を損じて、「いつまでも泣くか」と二人を打つようになった。

宮崎が舟は廻り廻って、*丹後《たんご》の由良《ゆら》の港に来た。ここには石浦《いしうら》と云う処に大きい邸《やしき》を構えて、田畑に米麦を植えさせ、山では猟《かり》をさせ、海では漁《すなどり》をさせ、蚕飼《こがい》をさせ、機織《はたおり》をさせ、金物、陶物《すえもの》、木の器、何から何まで、それぞれの職人を使って造らせる山椒大夫《さんしょうだゆう》という分限者《ぶんげんしゃ》がいて、人なら幾らでも買う。宮崎はこれまでも、余所《よそ》に買手のない貨があると、山椒大夫が所へ持って来ることになっていた。

港に出張っていた大夫の奴頭《やっこがしら》は、安寿、厨子王をすぐに七貫文に買った。「やれやれ、餓鬼《がき》供を片附けて身が軽うなった」と云って、宮崎の三郎は受け取った銭を懐に入れた。そして波止場の酒店に這入った。

一抱《ひとかか》えに余る柱を立て並べて造った大厦《おおいえ》の奥深い広間に一間四方の炉を切らせて、炭火がおこしてある。その向に茵《しとね》を三枚畳《かさ》ねて敷いて、山椒大夫は*几《おしまずき》に靠《もた》れている。左右には二郎、三郎の二人の息子が狛犬《こまいぬ》のように列《なら》んでいる。もと大夫には三人の男子があったが、太郎《たろう》は十六歳のとき、逃亡を企てて捕えられた奴に、父が手ずから烙《やき》印《いん》をするのをじっと見ていて、一言《ごん》も物を云わずに、ふいと家を出て行方が知れなくなった。今から十九年前のことである。

奴頭が安寿、厨子王を連れて前へ出た。そして二人の子供に辞儀をせいと云った。

二人の子供は奴頭の詞が耳に入《い》らぬらしく、ただ目を瞬って大夫を見ている。今年六十歳になる大夫の、朱を塗ったような顔は、額が広く腭が張って、髪も鬚も銀色に光っている。子供等は恐ろしいよりは不思議がって、じっとその顔を見ているのである。

大夫は云った。「買うて来た子供はそれか。いつも買う奴と違うて、何に使うて好いかわからぬ、珍らしい子供じゃというから、わざわざ連れて来させてみれば、色の蒼ざめた、か細い童共じゃ。何に使うて好いかは、わしにもわからぬ」

傍から三郎が口を出した。末の弟ではあるが、もう三十になっている。「いやお父っさん。さっきから見ていれば、辞儀をせいと云われても辞儀もせぬ。外の奴のように名告《なのり》もせぬ。弱々しゅう見えてもしぶとい者共じゃ。奉公初は男が柴苅《しばかり》、女が汐汲と極まっている。その通にさせなされい」

「仰ゃるとおり、名はわたくしにも申しませぬ」と、奴頭が云った。

大夫は嘲笑《あざわら》った。「愚者と見える。名はわしが附けて遣る。姉はいたつき*を垣衣《しのぶぐさ》、弟は我が名を萱草《わすれぐさ》じゃ。垣衣は浜へ往って、日に三荷《が》の潮を汲め。萱草は山へ往って日に三荷の柴を刈れ。弱々しい体に免じて、荷は軽うして取らせる」

三郎が云った。「過分のいたわり様じゃ。こりゃ、奴頭。早く連れて下がって道具を渡して遣れ」

奴頭は二人の子供を新参小屋に連れて往って、安寿には桶《おけ》と杓《ひさご》、厨子王には籠《かご》と鎌《かま》を渡した。どちらにも午餉《ひるげ》を入れる*樏子《かれいけ》が添えてある。新参小屋は外の奴婢《ぬひ》の居所とは別になっているのである。

奴頭が出て行く頃には、もうあたりが暗くなった。この屋《いえ》には燈火《あかり》もない。


翌日の朝はひどく寒かった。ゆうべは小屋に備えてある衾《ふすま》が余りきたないので、厨子王が薦を探して来て、舟で苫をかずいたように、二人でかずいて寝たのである。

きのう奴頭に教えられたように、厨子王は樏子を持って厨《くりや》へ餉《かれい》を受け取りに往った。屋根の上、地にちらばった藁の上には霜が降っている。厨は大きい土間で、もう大勢の奴婢が来て待っている。男と女とは受け取る場所が違うのに、厨子王は姉のと自分のと貰おうとするので、一度は叱られたが、あすからは銘々が貰いに来ると誓って、ようよう樏子の外に、*面桶《めんつう》に入れた饘《かたかゆ》、と、木の椀《まり》に入れた湯との二人前をも受け取った。饘は塩を入れて炊《かし》いである。

姉と弟とは朝餉《あさげ》を食べながら、もうこうした身の上になっては、運命の下に項《うなじ》を屈《かが》めるより外はないと、けなげにも相談した。そして姉は浜辺へ、弟は山路《やまじ》をさして行くのである。大夫が邸の三の木戸、二の木戸、一の木戸を一しょに出て、二人は霜を履《ふ》んで、見返り勝に左右へ別れた。

厨子王が登る山は由良が嶽《たけ》の裾で、石浦からは少し南へ行って登るのである。柴を苅る所は、麓《ふもと》から遠くはない。所々紫色の岩の露《あらわ》れている所を通って、稍《やや》広い平地に出る。そこに雑木が茂っているのである。

厨子王は雑木林の中に立ってあたりを見廻した。しかし柴はどうして苅るものかと、暫くは手を著け兼ねて、朝日に霜の融《と》け掛かる、茵のような落ち葉の上に、ぼんやりすわって時を過した。ようよう気を取り直して、一枝二枝苅るうちに、厨子王は指を傷《いた》めた。そこでまた落葉の上にすわって、山でさえこんなに寒い、浜辺に往った姉様は、さぞ潮風が寒かろうと、ひとり涙をこぼしていた。

日が余程昇ってから、柴を背負って麓へ降りる、外の樵《きこり》が通り掛かって、「お前も大夫の所の奴か、柴は日に何荷苅るのか」と問うた。

「日に三荷苅る筈《はず》の柴を、まだ少しも苅りませぬ」と厨子王は正直に云った。

「日に三荷の柴ならば、午までに二荷苅るがいい。柴はこうして苅るものじゃ」樵は我荷を卸して置いて、すぐに一荷苅ってくれた。

厨子王は気を取り直して、ようよう午までに一荷苅り、午からまた一荷苅った。

浜辺に往く姉の安寿は、川の岸を北へ行った。さて潮を汲む場所に降り立ったが、これも汐の汲みようを知らない。心で心を励まして、ようよう杓を卸すや否や、波が杓を取って行った。

隣で汲んでいる女子が、手早く杓を拾って戻した。そしてこう云った。「汐はそれでは汲まれません。どれ汲みようを教えて上げよう。右手《めて》の杓でこう汲んで、左手《ゆんで》の桶でこう受ける」とうとう一荷汲んでくれた。

「難有うございます。汲みようが、あなたのお蔭で、わかったようでございます。自分で少し汲んでみましょう」安寿は汐を汲み覚えた。

隣で汲んでいる女子に、無邪気な安寿が気に入った。二人は午餉を食べながら、身の上を打ち明けて、姉妹《きょうだい》の誓いをした。これは伊勢《いせ》の小萩《こはぎ》と云って、二見《ふたみ》が浦《うら》から買われて来た女子である。

最初の日はこんな工合に、姉が云い附けられた三荷の潮も、弟が云い附けられた三荷の柴も、一荷ずつの＊勧進《かんじん》を受けて、日の暮れまでに首尾好く調った。


姉は潮を汲み、弟は柴を苅って、一日一日《ひとひひとひ》と暮らして行った。姉は浜で弟を思い、弟は山で姉を思い、日の暮れを待って小屋に帰れば、二人は手を取り合って、筑紫にいる父が恋しい、佐渡にいる母が恋しいと、云っては泣き、泣いては云う。

とかくするうちに十日立った。そして新参小屋を明けなくてはならぬ時が来た。小屋を明ければ、奴は奴、婢《はしため》は婢の組に入るのである。

二人は死んでも別れぬと云った。奴頭が大夫に訴えた。

大夫は云った。「たわけた話じゃ。奴は奴の組へ引き摩《ず》って往け。婢は婢の組へ引き摩《ず》って往け」

奴頭が承って起《た》とうとしたとき、二郎が傍《かたわ》らから呼び止めた。そして父に云った。

「仰ゃる通に童共を引き分けさせても宜しゅうございますが、童共は死んでも別れぬと申すそうでございます。愚かなものゆえ、死ぬるかも知れません。苅る柴はわずかでも、汲む潮はいささかでも、人手を耗《へら》すのは損でございます。わたくしが好いように計らって遣りましょう」

「それもそうか。損になることはわしも嫌《きらい》じゃ。どうにでも勝手にしておけ」大夫はこう云って脇へ向いた。

二郎は三の木戸に小屋を掛けさせて、姉と弟とを一しょに置いた。

ある日の暮に二人の子供は、いつものように父母のことを云っていた。それを二郎が通り掛かって聞いた。二郎は邸を見廻って、強い奴が弱い奴を虐《しえた》げたり、諍《いさか》いをしたり、盗《ぬすみ》をしたりするのを取り締まっているのである。

二郎は小屋に這入って二人に云った。「父母は恋しゅうても佐渡は遠い。筑紫はそれよりまた遠い。子供の往かれる所ではない。父母に逢いたいなら、大きゅうなる日を待つが好い」こう云って出て行った。

程経てまたある日の暮に、二人の子供は父母のことを云っていた。それを今度は三郎が通り掛かって聞いた。三郎は寝鳥を取ることが好で邸の内の木立々々を、手に弓矢を持って見廻るのである。

二人は父母のことを云う度に、どうしようか、こうしようかと、逢いたさの余りに、あらゆる手立を話し合って、夢のような相談をもする。きょうは姉がこう云った。「大きくなってからでなくては、遠い旅が出来ないと云うのは、それは当り前の事よ。わたし達はその出来ない事がしたいのだわ。だがわたし好く思ってみると、どうしても二人一しょにここを逃げ出しては駄目なの。わたしには構わないで、お前一人で逃げなくては。そして先へ筑紫の方へ往って、お父う様にお目に掛かって、どうしたら好いか伺うのだね。それから佐渡へお母様のお迎えに往くが好いわ」三郎が立聞をしたのは、あいにくこの安寿の詞であった。

三郎は弓矢を持って、つと小屋のうちに這入った。

「こら。お主達は逃げる談合をしておるな。逃亡の企をしたものには烙印をする。それがこの邸の掟じゃ。赤うなった鉄は熱いぞよ。」

二人の子供は真っ蒼《まさお》になった。安寿は三郎が前に進み出て云った。「あれは嘘でございます。弟が一人で逃げたって、まあ、どこまで往かれましょう。余り親に逢いたいので、あんな事を申しました。こないだも弟と一しょに、鳥になって飛んで往こうと申した事もございます。出放題でございます」

厨子王は云った。「姉えさんの云う通りです。いつでも二人で今のような、出来ない事ばかし云って、父母の恋しいのを紛らしているのです」

三郎は二人の顔を見較《みくら》べて、暫くの間黙っていた。「ふん。譃なら譃、でもいい。お主達が一しょにおって、なんの話をすると云うことを、己《おれ》が慥かに聞いておいたぞ」こう云って三郎は出て行った。

その晩は二人が気味悪く思いながら寐た。それからどれだけ寐たかわからない。二人はふと物音を聞き附けて目を醒ました。今の小屋に来てからは、燈火を置くことが許されている。その微かな明りで見れば、枕元に三郎が立っている。三郎は、つと寄って、両手で二人の手を攫まえる。そして引き立てて戸口を出る。蒼ざめた月を仰ぎながら、二人は目見えの時に通った、広い馬道《＊めどう》を引かれて行く。階《はし》を三段登る。廊《ほそどの》を通る。廻《めぐ》り廻って前《さき》の日に見た広間に這入る。そこには大勢の人が黙って並んでいる。三郎は二人を炭火の真っ赤におこった炉の前まで引き摩って出る。二人は小屋で引き立てられた時から、只「ご免なさいご免なさい」と云っていたが、三郎は黙って引き摩って行くので、しまいには二人も黙ってしまった。炉の向側には茵三枚を畳ねて敷いて、山椒大夫がすわっている。大夫の赤顔が、座の右左に焚《た》いてある炬火《たてあかし》を照り反して、燃えるようである。三郎は炭火の中から、赤く焼けている火筋《ひばし》を抜き出す。それを手に持って、暫く見ている。初め透き通るように赤くなっていた鉄が、次第に黒ずんで来る。そこで三郎は安寿を引き寄せて、火筋を顔に当てようとする。厨子王はその肘《ひじ》に絡み附く。三郎はそれを蹴倒して右の膝《ひざ》に敷く。とうとう火筋を安寿の額に十文字に当てる。安寿の悲鳴が一座の沈黙を破って響き渡る。三郎は安寿を衝き放して、膝の下の厨子王を引き起し、その額にも火筋、を十文字に当てる。新たに響く厨子王の泣声が、稍微《やや》かになった姉の声に交じる。三郎は火筋を棄てて、初め二人をこの広間へ連れて来た時のように、また二人の手を摑まえる。そして一座を見渡した後、広い母屋《おもや》を廻《めぐ》って、二人を三段の階の所まで引き出し、凍った土の上に衝き落す。二人の子供は創《きず》の痛《いたみ》と心の恐《おそれ》とに気を失いそうになるのを、ようよう堪え忍んで、どこをどう歩いたともなく、三の木戸の小家に帰る。臥所《ふしど》の上に倒れた二人は、暫く死《し》骸《がい》のように動かずにいたが、忽《たちま》ち厨子王が「姉えさん、早くお地蔵様を」と叫んだ。安寿はすぐに起き直って、肌の守袋を取り出した。わななく手に紐《ひも》を解いて、袋から出した仏像を枕元に据えた。二人は右左にぬかずいた。そのとき歯をくいしばってもこらえられぬ額の痛が、掻き消すように失せた。掌《てのひら》で額を撫《な》でてみれば、創は痕《あと》もなくなった。はっと思って、二人は目を醒ました。

二人の子供は起き直って夢の話をした。同じ夢を同じ時に見たのである。安寿は守本尊を取り出して、夢で据えたと同じように、枕元に据えた。二人はそれを伏し拝んで、微かな燈火の明りにすかして、地蔵尊の額を見た。*白毫《びゃくごう》の右左に、*鏨《たがね》で彫ったような十文字の疵《きず》があざやかに見えた。

二人の子供が話を三郎に立聞せられて、その晩恐ろしい夢を見た時から、安寿の様子がひどく変って来た。顔には引き締まったような表情があって、眉《まゆ》の根には皺《しわ》が寄り、目は遥かに遠い処を見詰めている。そして物を云わない。日の暮に浜から帰ると、これまでは弟の山から帰るのを待ち受けて、長い話をしたのに、今はこんな時にも詞少にしている。厨子王が心配して、「姉えさんどうしたのです」と云うと「どうもし

ないの、大丈夫よ」と云って、わざとらしく笑う。

安寿の前と変ったのは只これだけで、言う事が間違ってもおらず、為《す》す事も平生の通である。しかし厨子王は互いに慰めもし、慰められもした一人の姉が、変った様子をするのを見て、際限なくつらく思う心を、誰に打ち明けて話すことも出来ない。二人の子供の境界は、前より一層寂しくなったのである。

雪が降ったり歇《や》んだりして、年が暮れ掛かった。奴も婢も外に出る為事を止めて、家の中で働く事になった。安寿は糸を紡《つむ》ぐ。厨子王は藁を擣《う》つ。藁を擣つのは修行はいらぬが、糸を紡ぐのはむずかしい。それを夜になると伊勢の小萩が来て、手伝ったり教えたりする。安寿は弟に対する様子が変ったばかりでなく、小萩に対しても詞少になって、動《やや》もすると不愛想をする。しかし小萩は機嫌を損せずに、いたわるようにして附き合っている。

山椒大夫が邸の木戸にも松が立てられた。しかしここの年の始めは何の晴れがましい事もなく、また族《うから》の女子たちは奥深く住んでいて、出入りすることが稀なので、賑《にぎ》わしいこともない。只上も下も酒を飲んで、奴の小屋には諍が起るだけである。常は諍をすると、厳しく罰せられるのに、こう云う時は奴頭が大目に見る。血を流しても知らぬ顔をしていることがある。どうかすると、殺されたものがあっても構わぬのである。

寂しい三の木戸の小屋へは、折々小萩が遊びに来た。婢の小屋の賑わしさを持って来たかと思うように、小萩が話している間は、陰気な小屋も春めいて、この頃様子の変っている安寿の顔にさえ、めったに見えぬ微笑の影が浮ぶ。

三日立つと、また家の中の為事が始まった。安寿は糸を紡ぐ。厨子王は藁を擣つ。もう夜になって小萩が来ても、手伝うに及ばぬ程、安寿は紡錘《つむ》を廻す事に慣れた。様子は変っていても、こんな静かな、同じ事を繰り返すような為事をするには差支《さしつか》えなく、また為事が却《かえ》って一向《ひとむき》になった心を散らし、落着を与えるらしく見えた。姉と前のように話をする事の出来ぬ厨子王は、紡いでいる姉に、小萩がいて物を云ってくれるのが、何よりも心強く思われた。

水が温《ぬる》み、草が萌《も》える頃になった。あすからは外の為事が始まると云う日に、二郎

が邸を見廻る序でに、三の木戸の小屋に来た。「どうじゃな。あす為事に出られるかな。大勢の人の中《うち》には病気でおるものもある。奴頭の話を聞いたばかりではわからぬから、きょうは小屋小屋を皆見て廻ったのじゃ」

藁を擣っていた厨子王が返事をしようとして、まだ詞を出さぬ間に、この頃の様子にも似ず、安寿が糸を紡ぐ手を止めて、つと二郎の前に進み出た。「それに就《つ》いてお願がございます。わたくしは弟と同じ所で為事がいたしとうございます。どうか一しょに山へ遣って下さるように、お取計らいなすって下さいまし」蒼ざめた顔に紅《くれない》が差して、目が赫《かがや》いている。

厨子王は姉の様子が二度目に変ったらしく見えるのに驚き、また自分になんの相談もせずにいて、突然柴苅りに往きたいと云うのをも訝《いぶか》しがって、ただ目を睜って姉をまもっている。

二郎は物を云わずに、安寿の様子をじっと見ている。安寿は「外にない、ただ一つのお願でございます、どうぞ山へお遣《やり》なすって」と繰り返して云っている。

暫くして二郎は口を開いた「この邸では奴婢のなにがしになんの為事をさせると云うことは、重い事にしてあって、父がみずから極める。しかし垣衣、お前の願はよくよく思い込んでの事と見える。わしが受け合って取りなして、きっと山へ往かれるようにして遣る。安心しているが好い。まあ、二人の稚いものが無事に冬を過して好かった」こう云って小屋を出た。

厨子王は杵《きね》を措《お》いて姉の側に寄った。「姉えさん。どうしたのです。それはあなたが一しょに山へ来て下さるのは、わたしも嬉しいが、なぜ出し抜《ぬけ》に頼んだのです。なぜわたしに相談しません」

姉の顔は喜に赫いている。「ほんにそうお思いのは尤《もっと》もだが、わたしだってあの人の顔を見るまで、頼もうとは思っていなかったの。ふいと思い附いたのだもの」

「そうですか。変ですなあ」厨子王は珍らしい物を見るように姉の顔を眺《なが》めている。

奴頭が籠と鎌とを持って這入って来た。「垣衣さん。お前に汐汲をよさせて、柴を苅りに遣るのだそうで、わしは道具を持って来た。代りに桶と杓を貰って往こう」

「これはどうもお手数《てかず》でございました」安寿は身軽に立って、桶と杓とを出して返した。

奴頭はそれを受け取ったが、まだ帰りそうにはしない。顔には一種の苦笑《にがわらい》のような表情が現れている。この男は山椒大夫一家のものの言附《いいつ》けを、神の託宣を聴くように聴く。そこで随分情ない、苛酷《かこく》な事をもためらわずにする。しかし生得《しょうとく》、人の悶《もだ》え苦んだり、泣き叫んだりするのを見たがりはしない。物事が穏やかに運んで、そんな事を見ずに済めば、その方が勝手である。今の苦笑のような表情は人に難儀を掛けずには済まぬとあきらめて、何か云ったり、したりする時に、この男の顔に現れるのである。

奴頭は安寿に向いて云った。「さて今一つ用事があるて。実はお前さんを柴苅りに遣る事は、二郎様が大夫様に申し上げて拵《こしら》えなさったのじゃ。するとその座に三郎様がおられて、そんなら垣衣を大童《＊おおわらわ》にして山へ遣れと仰った。大夫様は、好い思附きじゃとお笑なされた。そこでわしはお前さんの髪を貰うて往かねばならぬ」

傍で聞いている厨子王は、この詞を胸を刺されるような思いをして聞いた。そして目に涙を浮べて姉を見た。

意外にも安寿の顔からは喜の色が消えなかった。「ほんにそうじゃ。柴苅に往くからは、わたしも男じゃ。どうぞこの鎌で切って下さいまし」安寿は奴頭の前に項を伸ばした。

光沢《つや》のある、長い安寿の髪が、鋭い鎌の一掻《ひとかき》にさっくり切れた。

あくる朝、二人の子供は背に籠を負い腰に鎌を挿《さ》して、手を引き合って木戸を出た。山椒大夫の所に来てから、二人一しょに歩くのはこれが始である。

厨子王は姉の心を忖《はか》り兼ねて、寂しいような、悲しいような思いに胸が一ぱいになっている。きのうも奴頭の帰った跡で、いろいろに詞を設けて尋ねたが、姉はひとりで何事をか考えているらしく、それをあからさまには打ち明けずにしまった。

山の麓に来た時、厨子王はこらえ兼ねて云った。「姉えさん。わたしはこうして久し振りで一しょに歩くのだから、嬉しがらなくてはならないのですが、どうも悲しくてなりません。わたしはこうして手を引いていながら、あなたの方へ向いて、その＊禿《かぶろ》になったお頭《つむり》を見ることが出来ません。姉えさん。あなたはわたしに隠して、何か考えていますね。なぜそれをわたしに云って聞かせてくれないのです」

安寿はけさも毫光《ごうこう》のさすような喜を額に湛えて、大きい目を赫かしている。しかし弟の詞には答えない。只引き合っている手に力を入れただけである。

山に登ろうとする所に沼がある。汀《みぎわ》には去年見た時のように、枯葦《かれあし》が縦横に乱れているが、道端《みちばた》の草には黄ばんだ葉の間に、もう青い芽の出たのがある。沼の畔《ほとり》から右に折れて登ると、そこに岩の隙間《すきま》から清水の湧《わ》く所がある。そこを通り過ぎて、岩壁を右に見つつ、うねった道を登って行くのである。

ちょうど岩の面《おもて》に朝日が一面に差している。安寿は畳《かさ》なり合った岩の、風化した間に根を卸して、小さい菫《すみれ》の咲いているのを見附けた。そしてそれを指さして厨子王に見せて云った。「ご覧。もう春になるのね」

厨子王は黙って頷いた。姉は胸に秘密を蓄《たくわ》え、弟は憂《うれえ》ばかりを抱いているので、とかく受応《うけこたえ》が出来ずに、話は水が砂に沁《し》み込むようにとぎれてしまう。

去年柴を苅った木立ちの辺《ほとり》に来たので、厨子王は足を駐《とど》めた。「ねえさん。ここらで苅るのです」

「まあ、もっと高い所へ登ってみましょうね」安寿は先に立ってずんずん登って行く。厨子王は訝りながら附いて行く。暫くして雑木林よりは余程高い、外山《とやま》の頂《いただき》とも云うべき所に来た。

安寿はそこに立って、南の方をじっと見ている。目は、石浦を経て由良の港に注ぐ大雲川《おおくもがわ》の上流を辿って、一里ばかり隔った川向に、こんもりと茂った木立ちの中から、塔の尖《さき》の見える中山に止まった。そして「厨子王や」と弟を呼び掛けた。「わたしが久しい前から考事をしていて、お前ともいつものように話をしないのを、変だと思っていたでしょうね。もうきょうは柴なんぞは苅らなくても好いから、わたしの云う事をよくお聞《きき》。小萩は伊勢から売られて来たので、故郷からこの土地までの道を、わたしに話して聞かせたがね、あの中山を越して往けば、都がもう近いのだよ。筑紫へ往くのはむずかしいし、引き返して佐渡へ渡るのも、たやすい事ではないけれど、都へはきっと往かれます。お母あ様と御一しょに岩代を出てから、わたし共は恐ろしい人にばかり出逢ったが、人の運が開けるものなら、善い人に出逢わぬにも限りません。お前はこれから思い切って、この土地を逃げ延びて、どうぞ都へ登っておくれ。神《かみ》仏《ほとけ》のお導《みちびき》で、善い人にさえ出逢ったら、筑紫へお下りになったお父う様のお身の上も知れよう。佐渡へお母あ様のお迎えに往くことも出来よう。籠や鎌は棄てておいて、檪子だけ持って往くのだよ」

厨子王は黙って聞いていたが、涙が頬を伝って流れて来た。「そして、姉えさん、あなたはどうしようと云うのです」

「わたしの事は構わないで、お前一人でする事を、わたしと一しょにする積《つもり》でしておくれ。お父う様にもお目に掛かり、お母あ様をも島からお連《つれ》申した上で、わたしをたすけに来ておくれ」

「でもわたしがいなくなったら、あなたをひどい目に逢わせましょう」厨子王が心には烙印をせられた、恐ろしい夢が浮ぶ。

「それは意地《いじ》めるかも知れないがね、わたしは我慢して見せます。金で買った婢をあの人達は殺しはしません。多分お前がいなくなったら、わたしを二人前働かせようとするでしょう。お前の教えてくれた木立ちの所で、わたしは柴を沢山苅ります。六荷までは苅れないでも、四荷でも五荷でも苅りましょう。さあ、あそこまで降りて行って、籠や鎌をあそこに置いて、お前を麓へ送って上げよう」こう云って安寿は先に立って降りて行く。

厨子王はなんとも思い定《さだ》め兼ねて、ぼんやりして附いて降りる。姉は今年十五になり、弟は十三になっているが、女は早くおとなびて、その上物に憑《つ》かれたように、聡《さと》く賢《さか》しくなっているので、厨子王は姉の詞に背くことが出来ぬのである。

木立ちの所まで降りて、二人は籠と鎌とを落葉の上に置いた。姉は守本尊を取り出して、それを弟の手に渡した。「これは大事なお守だが、こん度逢うまでお前に預けます。この地蔵様をわたしだと思って、護刀と一しょにして、大事に持っていておくれ」

「でも姉えさんにお守がなくては」

「いいえ。わたしよりはあぶない目に逢うお前にお守を預けます。晩にお前が帰らないと、きっと討手《うって》が掛かります。お前が幾ら急いでも、あたり前に逃げて行っては、追い附かれるに極まっています。さっき見た川の上手を和江《わえ》と云う所まで往って、首尾好く人に見附けられずに、向河岸へ越してしまえば、中山までもう近い。そこへ往ったら、あの塔の見えていたお寺に這入って隠しておもらい。暫くあそこに隠れていて、討手が帰って来た跡で、寺を逃げてお出《いで》」

「でもお寺の坊さんが隠しておいてくれるでしょうか」

「さあ、それが運験《うんだめ》しだよ。開ける運なら坊さんがお前を隠してくれましょう」

「そうですね。姉えさんのきょう仰ゃる事は、まるで神様か仏様が仰ゃるようです。わたしは考えを極めました。なんでも姉えさんの仰ゃる通にします」

「おう、好く聴いておくれだ。坊さんは善い人で、きっとお前を隠してくれます」

「そうです。わたしにもそうらしく思われて来ました。逃げて都へも往かれます。お父う様やお母あ様にも逢われます。姉えさんのお迎えにも来られます」厨子王の目が姉と同じように赫いて来た。

「さあ、麓まで一しょに行くから、早くお出」

二人は急いで山を降りた。足の運《はこび》も前とは違って、姉の熱した心持が、暗示のように弟に移って行ったかと思われる。

泉の湧く所へ来た。姉は樏子に添えてある木の椀を出して、清水を汲んだ。「これがお前の門出《かどで》を祝うお酒だよ」こう云って一口飲んで弟に差した。

弟は椀を飲み干した。「そんなら姉えさん、御機嫌好う。きっと人に見附からずに、中山まで参ります」

厨子王は十歩ばかり残っていた坂道を、一走りに駆け降りて、沼に沿うて街道に出た。そして大雲川の岸を上手へ向かって急ぐのである。

安寿は泉の畔に立って、並木の松に隠れてはまた現れる後影を小さくなるまで見送った。そして日は漸《ようや》く午に近づくのに、山に登ろうともしない。幸いにきょうはこの方角の山で木を樵《こ》る人がないと見えて、坂道に立って時を過す安寿を見咎めるものもなかった。

後に同胞を捜しに出た、山椒大夫一家の討手が、この坂の下の沼の端《はた》で、小さい藁《わら》履《ぐつ》を一足拾った。それは安寿の履《くつ》であった。


中山の国分寺*の三門に、松明《たいまつ》の火影《ほかげ》が乱れて、大勢の人が籠み入って来る。先に立ったのは、白柄《しらつか》の薙刀《なぎなた》を手挾《たばさ》んだ、山椒大夫の息子三郎である。

三郎は堂の前に立って大声に云った。「これへ参ったのは、石浦の山椒大夫が族《うから》のものじゃ。大夫が使う奴の一人が、この山に逃げ込んだのを、慥かに認めたものがある。隠れ場は寺内より外にはない。すぐにここへ出して貰おう」附いて来た大勢が、「さあ、出して貰おう、出して貰おう」と叫んだ。

本堂の前から門の外まで、広い石畳が続いている。その石の上には、今手に手に松明を持った、三郎が手のものが押し合っている。また石畳の両側には、境内《けいだい》に住んでいる限の僧俗が、ほとんど一人も残らず簇《むらが》っている。これは討手の群が門外で騒いだ時、内陣からも、庫裡《くり》からも、何事が起ったかと、怪しんで出て来たのである。

初め討手が門外から門を開《あ》けいと叫んだ時、開けて入れたら、乱暴をせられはすまいかと心配して、開けまいとした僧侶《そうりょ》が多かった。それを住持曇猛《どんみょう》*律師《りつし》が開けさせた。しかし今三郎が大声で、逃げた奴を出せと云うのに、本堂は戸を閉じたまま、暫くの間ひっそりとしている。

三郎は足踏をして、同じことを二三度繰り返した。手のものの中《うち》から「和尚さん、どうしたのだ」と呼ぶものがある。それに短い笑声が交じる。

ようようの事で本堂の戸が静かに開いた。曇猛律師が自分で開けたのである。律師は*偏衫《へんさん》一つ身に纏《まと》って、なんの威儀をも繕わず、常燈明の薄明を背にして本堂の階《はし》の上に立った。丈《たけ》の高い巌畳《がんじょう》な体と、眉のまだ黒い廉張《かどば》った顔とが、揺《ゆら》めく火に照らし出された。律師はまだ五十歳を越したばかりである。

律師は徐《しず》かに口を開いた。騒がしい討手のものも、律師の姿を見ただけで黙ったので、声は隅々まで聞えた。「逃げた下人《げにん》を捜しに来られたのじゃな。当山では住持のわしに云わずに人は留めぬ。わしが知らぬから、そのものは当山にいぬ。それはそれとして、夜陰に剣戟《けんげき》を執って、多人数押し寄せて参られ、三門を開けと云われた。さては国に大乱でも起ったか、公《おおやけ》の叛逆人《ほんぎゃくにん》でも出来たかと思うて、三門を開けさせた。それになんじゃ。御身《おんみ》が家の下人の詮議か。当山は勅願の寺院で、三門には勅額を懸け、七重の塔には*宸翰金字《しんかんこんじ》の経文が蔵《おさ》めてある。ここで狼藉《ろうぜき》を働かれると、国守《くにのかみ》は*検《けん》校《ぎょう》の責を問われるのじゃ。また総本山東大寺《とうだいじ》に訴えたら、都からどのような御沙汰《ごさた》があろうも知れぬ。そこを好う思うてみて、早う引き取られたが好かろう。悪い事は云わぬ。お身達のためじゃ」こう云って律師は徐かに戸を締めた。

三郎は本堂の戸を睨んで歯咬《はが》みをした。しかし戸を打ち破って踏み込むだけの勇気もなかった。手のもの共は只風に木の葉のざわつくように囁《ささや》きかわしている。

この時大声で叫ぶものがあった。「その逃げたと云うのは十二三の小わっぱじゃろう。それならわしが知っておる」

三郎は驚いて声の主を見た。父の山椒大夫に見まごうような親爺《おやじ》で、この寺の鐘楼《しゅろう》守《もり》である。親爺は詞を続いで云った。「そのわっぱはな、わしが午頃鐘楼から見ておると、*築泥《ついじ》の外を通って南へ急いだ。かよわい代には身が軽い。もう大分《だいぶ》の道を行ったじゃろ」

「それじゃ。半日に童《わらべ》の行く道は知れたものじゃ。続け」と云って三郎は取って返した。

松明の行列が寺の門を出て、築泥の外を南へ行くのを、鐘楼守は鐘楼から見て、大声で笑った。近い木立ちの中で、ようよう落ち着いて寝ようとした鴉《からす》が二三羽また驚いて飛び立った。

あくる日に国分寺からは諸方へ人が出た。石浦に往ったものは、安寿の入水の事を聞いて来た。南の方へ往ったものは、三郎の率いた討手が田辺《たなべ》まで往って引き返した事を聞いて来た。

中二日おいて、曇猛律師が*田辺の方へ向いて寺を出た。盥《たらい》ほどある鉄の受糧器を持って、腕の太さの錫杖《しゃくじょう》を衝いている。跡からは頭を剃《そ》りこくって*三衣《さんえ》を着た厨子王が附いて行く。

二人は真昼に街道を歩いて、夜は所々の寺に泊った。*山城《やましろ》の朱雀野《しゅじゃくの》に来て、律師は権現堂《ごんげんどう》に休んで、厨子王に別れた。「守本尊を大切にして往け。父母《ふぼ》の消息はきっと知れる」と云い聞かせて、律師は踵を旋した。亡くなった姉と同じことを云う坊様だと、厨子王は思った。

都に上った厨子王は、僧形《そうぎょう》になっているので、東山の清水寺《きよみずでら》に泊った。籠堂《こもりどう》に寝て、あくる朝目が醒めると、*直衣《のうし》に烏帽子《えぼし》を着て*指貫《さしぬき》を穿《は》いた老人が、枕元に立っていて云った。「お前は誰の子じゃ。何か大切な物を持っているなら、どうぞ己に見せてくれい。己は娘の病気の平癒《へいゆ》を祈るために、ゆうべここに参籠《さんろう》した。すると夢にお告《つげ》があった。左の格子《こうし》に寝ている童がよい守本尊を持っている。それを借りて拝ませいと云うことじゃ。けさ左の格子に来てみれば、お前がいる。どうぞ己に身の上を明かして、守本尊を貸してくれい。己は関白師実《もろざね》じゃ」

厨子王は云った。「わたくしは*陸奥掾正氏《むつのじょうまさうじ》というものの子でございます。父は十二年前に筑紫の安楽寺*へ往ったきり、帰らぬそうでございます。母はその年に生れたわたくしと、三つになる姉とを連れて、岩代の信夫郡に住むことになりました。そのうちわたくしが大ぶ大きくなったので、姉とわたくしとを連れて、父を尋ねに旅立ちました。越後まで出ますと、恐ろしい人買いに取られて、母は佐渡へ、姉とわたくしとは丹後の由良へ売られました。姉は由良で亡くなりました。わたくしの持っている守本尊はこの地蔵様でございます」こう云って守本尊を出して見せた。

師実は仏像を手に取って、先《ま》ず額に当てるようにして礼をした。それから面背《めんぱい》を打ち返し打ち返し、丁寧に見て云った。「これは兼ねて聞き及んだ、尊い放光王地蔵菩《ほうこうおうじぞうぼ》薩《さつ》の金像《こんごう》じゃ。*百済国《くだらのくに》から渡ったのを、高見王が持仏にしてお出なされた。これを持ち伝えておるからは、お前の家柄に紛れはない。*仙洞《せんとう》がまだ御位《みくらい》におらせられた永保《えいほう》の初に、国守の*違格《いきゃく》に連座して、筑紫へ左遷《させん》せられた平正氏《たいらのまさうじ》が嫡子《ちゃくし》に相違あるまい。若し還俗《げんぞく》の望があるなら、追っては*受領《ずりょう》の御沙汰もあろう。先ず当分は己の家の客にする。おれと一しょに館《やかた》へ来い」

関白師実の娘と云ったのは、仙洞に傅《かしず》いている養女で、実は妻の姪《めい》である。この后《きさき》は久しい間病気でいられたのに、厨子王の守本尊を借りて拝むと、すぐに拭《ぬぐ》うように本復《ほんぷく》せられた。

師実は厨子王に還俗させて、自分で冠《かんむり》を加えた。同時に正氏が*謫所《たくしょ》へ、赦免状を持たせて、安否を問いに使いを遣った。しかしこの使が往った時、正氏はもう死んでいた。元服して正道と名告っている厨子王は、身の窶《やつ》れる程歎《なげ》いた。

その年の秋の除目《＊じもく》に正道は丹後の国守にせられた。これは遙授《＊ようじゅ》の官で、任国には自分で往かずに、掾《じょう》をおいて治めさせるのである。しかし国守は最初の政《まつりごと》として、丹後一国で人の売買を禁じた。そこで山椒大夫も悉《ことごと》く奴婢を解放して、給料を払うことにした。大夫が家では一時それを大きい損失のように思ったが、この時から農作も工匠《たくみ》の業《わざ》も前に増して盛になって、一族はいよいよ富み栄えた。国守の恩人曇猛律師は僧《ぞう》都《ず》にせられ、国守の姉をいたわった小萩は故郷へ還《かえ》された。安寿が亡き跡《あと》は懇《ねんごろ》に弔《とむら》われ、また入水した沼の畔には尼寺が立つことになった。

正道は任国のためにこれだけの事をしておいて、特に仮寧《＊けにょう》を申し請うて、微行して佐渡へ渡った。

佐渡の国府《こふ》は雑太《＊さわた》と云う所にある。正道はそこへ往って、役人の手で国中を調べて貰ったが、母の行方は容易に知れなかった。

ある日正道は思案に暮れながら、一人旅館を出て市中を歩いた。そのうちいつか人家の立ち並んだ所を離れて、畑中の道に掛かった。空は好く晴れて日があかあかと照っている。正道は心の中に、「どうしてお母あ様の行方が知れないのだろう、若し役人なんぞに任せて調べさせて、自分が捜し歩かぬのを神仏が憎んで逢わせて下さらないのではあるまいか」などと思いながら歩いている。ふと見れば、大ぶ大きい百姓家がある。家の南側の疎《まばら》な生垣《いけがき》の内が、土を敲《たた》き固めた広場になっていて、その上に一面に蓆《むしろ》が敷いてある。蓆には刈り取った粟の穂が干してある。その真ん中に、襤褸《ぼろ》を着た女がすわって、手に長い竿《さお》を持って、雀《すずめ》の来て啄《ついば》むのを逐《お》っている。女は何やら歌のような調子でつぶやく。

正道はなぜか知らず、この女に心が牽《ひ》かれて、立ち止まって覗いた。女の乱れた髪は塵《ちり》に塗《まみ》れている。顔を見れば盲《めしい》である。正道はひどく哀れに思った。そのうち女のつぶやいている詞が、次第に耳に慣れて聞き分けられて来た。それと同時に正道は瘧《*おこり》病《やみ》のように身内が震《ふる》って、目には涙が湧《わ》いて来た。女はこう云う詞を繰り返してつぶやいていたのである。

安寿恋しや、ほうやれほ。
厨子王恋しや、ほうやれほ。
鳥も生《しょう》あるものなれば、

疾《と》う疾う逃げよ、逐わずとも。

正道はうっとりとなって、この詞に聞き惚《ほ》れた。そのうち臓腑《ぞうふ》が煮《に》え返るようになって、獣《けもの》めいた叫《さけび》が口から出ようとするのを、歯を食いしばってこらえた。忽ち正道は縛られた縄が解けたように垣の内へ駆け込んだ。そして足には粟の穂を踏み散らしつつ、女の前に俯伏《うつふ》した。右の手には守本尊を捧《ささ》げ持って、俯伏したときに、それを額に押し当てていた。

女は雀でない、大きいものが粟をあらしに来たのを知った。そしていつもの詞を唱え罷《や》めて、見えぬ目でじっと前を見た。その時干した貝が水にほとびるように、両方の目に潤《うるお》いが出た。女は目が開いた。

「厨子王」と云う叫が女の口から出た。二人はぴったり抱き合った。

大正四年一月

阿部一族

従四位下《じゅうよんいのげ》左近衛少将《さこんえのしょうしょう》兼《けん》越中守《えっちゅうのかみ》細川忠利《ほそかわただとし》は、寛永《かんえい》十八年辛巳《しんし》の春、余所《よそ》よりは早く咲く領地*肥後国《ひごのくに》の花を見棄てて、五十四万石の大名の晴々しい行列に前後を囲ませ、南より北へ歩みを運ぶ春と倶《とも》に、江戸《えど》を志して参勤《さんきん》の途《みち》に上ろうとしているうち、図らず病に罹《かか》って、*典医の方剤も功を奏せず、日に増し重くなるばかりなので、江戸へは出発日延の飛脚が立つ。徳川《とくがわ》将軍は名君の誉《ほまれ》の高い三代目の家光《いえみつ》で、島原一揆《しまばらいっき》の時賊将天草四郎時貞《あまくさしろうときさだ》を討ち取って大功を立てた忠利《ただとし》の身の上を気遣い、三月二十日には松平伊豆守《まつだいらいずのかみ》、阿部《あべ》豊後守《ぶんごのかみ》、阿部《あべ》対馬守《つしまのかみ》の連名の*沙汰書《さたしょ》を作らせ、針医以策《いさく》と云うものを、京都から下向《げこう》させる。続いて二十二日には同じく執政三人の署名した沙汰書を持たせて、曽我又左衛門《そがまたざえもん》という侍を上使に遣《つかわ》す。大名に対する将軍家の取扱いとしては、鄭重《ていちょう》を極めたものであった。島原征伐がこの年から三年前寛永十五年の春平定してから後、江戸の邸《やしき》に*添地《そえち》を賜わったり、鷹狩《たかがり》の鶴《つる》を下されたり、ふだん慇懃《いんぎん》を尽くしていた将軍家の事であるから、この度の大病を聞いて、先例の許す限《かぎり》の慰問をさせたのも尤《もっとも》である。

将軍家がこう云う手続をする前に、熊本花畑の館《やかた》では忠利の病が*革《すみや》かになって、とうとう三月十七日申《さる》の刻に五十六歳で亡くなった。奥方は小笠原兵部大輔秀政《おがさわらひょうぶたゆうひでまさ》の娘を将軍が養女にして妻《めあわ》せた人で、今年四十五歳になっている。名をお千《せん》の方《かた》と云う。嫡子六丸は六年前に元服して将軍家から光《みつ》の字を賜わり、光貞《みつさだ》と名告《なの》って、従四位下侍《じ》従《じゅう》兼肥後守《けんひごのかみ》にせられている。今年十七歳である。江戸参勤中で*遠江国浜松《とおとうみのくにはままつ》まで帰ったが、訃音《ふいん》を聞いて引き返した。光貞は後名を光尚と改めた。二男鶴千代《つるちよ》は小さい時から立田山の泰勝寺《たいしょうじ》に遣ってある。京都妙心寺《みょうしんじ》出身の大淵和尚《たいえんおしょう》の弟子になって宗玄《そうげん》と云っている。三男松之助は細川家に旧縁のある長岡《ながおか》氏に養われている。四男勝千代《かつちよ》は家臣南条大膳《だいぜん》の養子になっている。女子は二人ある。長女藤姫《ふじひめ》は松平周防守忠弘《すおうのかみただひろ》の奥方になっている。二女竹姫《たけひめ》は後に有吉頼母英長《ありよしたのもひでなが》の妻になる人である。弟には忠利が三《さん》斎《さい》の三男に生れたので、四男中務大輔立孝《なかつかさたゆうたつたか》、五男刑部興孝《ぎょうぶおきたか》、六男長岡式部寄之《よりゆき》の三人がある。妹には稲葉一通《いなばかずみち》に嫁した多羅姫《たらひめ》、烏丸中納言光賢《からすまるちゅうなごんみつかた》に嫁した万姫《まんひめ》がある。この万姫の腹に生まれた禰々姫《ねねひめ》が忠利の嫡子光尚の奥方になって来るのである。目上には長岡氏を名告る兄が二人、前野《まえの》長岡両家に嫁した姉が二人ある。隠居三斎宗立《そうりゅう》もまだ存命で、七十九歳になっている。この中には嫡子光貞のように江戸にいたり、また京都、その外遠国にいる人達もあるが、それが後に知らせを受けて歎《なげ》いたのと違って、熊本の館にいた限の人達の歎きは、分けて痛切なものであった。江戸への注進には六《むつ》島少吉《しましょうきち》、津田六左衛門《つだろくざえもん》の二人が立った。

三月二十四日には初七日《しょなぬか》の営みがあった。四月二十八日にはそれまで館の居間の床《とこ》板《いた》を引き放って、土中に置いてあった棺《かん》を舁《か》き上げて、江戸からの指図《さしず》によって、飽《あき》田郡《たごおり》春日村《かすがむら》岫雲院《しゅううんいん》で遺骸《いがい》を荼毗《だび》にして、*高麗門《こうらいもん》の外の山に葬《ほうむ》った。この霊屋《おたまや》の下に、翌年の冬になって、護国山妙解寺《ごこくさんみょうげじ》が建立《こんりゅう》せられて、江戸品川東海寺《しながわとうかいじ》から沢庵《たくあん》和尚の同門の啓室《けいしつ》和尚が来て住持になり、それが寺内の臨流庵《りんりゅうあん》に隠居してから、忠利の二男で出家していた宗玄が、天岸《てんがん》和尚と号して跡続になるのである。忠利の法号は妙解院殿《みょうげいんでん》台雲宗伍大居士《たいうんそうごだいこじ》と附けられた。

岫雲院で荼毗になったのは、忠利の遺言によったのである。いつの事であったか、忠利が*方目狩《ばんがり》に出て、この岫雲院で休んで茶を飲んだ事がある。その時忠利はふと腮《あご》鬚《ひげ》の伸びているのに気がついて住持に剃刀《かみそり》はないかと云った。住持が盥《たらい》に水を取って、剃刀を添《そ》えて出した。忠利は機嫌好く*児小姓《こごしょう》に鬚を剃らせながら、住持に云った。「どうじゃな。この剃刀では亡者《もうじゃ》の頭をたくさん剃ったであろうな」と云った。住持はなんと返事をしていいかわからぬので、ひどく困った。この時から忠利は岫雲院の住持と心安くなっていたので、茶毗所をこの寺にきめたのである。ちょうど茶毗の最中であった。柩《ひつぎ》の供をして来ていた家臣たちの群に、「あれ、お鷹《たか》がお鷹が」と云う声がした。境内の杉《すぎ》の木立《こだち》に限られて、鈍《にぶ》い青色をしている空の下、円形の石の井筒《いづつ》の上に笠《かさ》のように垂れ掛かっている葉桜《はざくら》の上の方に、二羽の鷹が輪をかいて飛んでいたのである。人々が不思議がって見ているうちに、二羽が尾と嘴《くちばし》と触《ふ》れるように跡先《あとさき》に続いて、さっと落して来て、桜の下の井の中に這入《はい》った。寺の門前で暫《しばら》く何かを云い争っていた五六人の中から、二人の男が駈《か》け出して、井の端《はた》に来て、石の井筒に手を掛けて中を覗いた。その時鷹は水底深く沈んでしまって、歯朶《しだ》の茂みの中に鏡のように光っている水面は、もう元の通りに平らになっていた。二人の男は鷹匠衆《たかじょうしゅう》であった。井の底にくぐり入って死んだのは、忠利が愛していた有明《ありあけ》、明石《あかし》という二羽の鷹であった。その事が分かった時、人々の間に、「それではお鷹も殉死したのか」と囁く声が聞えた。それは殿様がお隠れになった当日から一昨日《おとつい》までに殉死した家臣が十余人あって、中にも一昨日は八人一時に切腹し、昨日も一人切腹したので、家中誰一人殉死の事を思わずにいるものは無かったからである。二羽の鷹はどう云う手ぬかりで鷹匠衆の手を離れたか、どうして目に見えぬ獲物を追うように、井戸の中に飛び込んだか知らぬが、それを穿鑿《せんさく》しようなどと思うものは一人も無い。鷹は殿様の御寵《ごちょう》愛《あい》なされたもので、それが茶毗の当日に、しかもお茶毗所の岫雲院の井戸に這入って死んだと云うだけの事実を見て、鷹が殉死したのだと云う判断をするには十分であった。それを疑って別に原因を尋ねようとする余地は無かったのである。

*中陰の四十九日が五月五日に済んだ。これまでは宗玄を始《はじめ》として、既西堂《きせいどう》、金両《こんりょう》堂《どう》、天授庵《てんじゅあん》、聴松院《ちょうしょういん》、不二庵《ふじあん》等の僧侶が勤行をしていたのである。さて五月六日になったが、まだ殉死する人がぽつぽつある。殉死する本人や親兄弟妻子は云うまでもなく、なんの由縁《ゆかり》も無いものでも、京都から来るお針医と江戸から下る御上使との接待の用意なんぞはうわの空でしていて、ただ殉死の事ばかり思っている。例年簷《のき》に葺《ふ》く端午《たんご》の菖蒲《しょうぶ》も摘まず、ましてや初幟《はつのぼり》の祝をする子のある家も、その子の生れた事を忘れたようにして、静まり返っている。

殉死にはいつどうして極まったともなく、自然に掟《おきて》が出来ている。どれ程殿様を大切に思えばと云って、誰でも勝手に殉死が出来るものでは無い。泰平《たいへい》の世の江戸参勤のお供、いざ戦争と云う時の陣中へのお供と同じ事で、死天《しで》の山三途《さんず》の川のお供をするにもぜひ殿様のお許《ゆるし》を得なくてはならない。その許もないのに死んでは、それは犬《いぬ》死《じに》である。武士は名聞《みょうもん》が大切だから、犬死はしない。敵陣に飛び込んで討死をするのは立派ではあるが、軍令にそむいて抜駈《ぬけがけ》をして死んでは功にはならない。それが犬死であると同じ事で、お許の無いに殉死しては、これも犬死である。たまにそう云う人で犬死にならないのは、*値遇《ちぐう》を得た君臣の間に黙契があって、お許はなくてもお許があったのと変らぬのである。仏涅槃《ふつねはん》の後に起った大乗の教は、仏《ほとけ》のお許はなかったが、過現未を通じて知らぬ事の無い仏は、そう云う教えが出て来るものだと知って懸許しておいたものだとしてある。お許が無いのに殉死の出来るのは、*金口《こんく》で説かれると同じように、大乗の教を説くようなものであろう。

そんならどうしてお許を得るかと云うと、この度殉死した人々の中の内藤長十郎《ないとうちょうじゅうろう》元続《もとつぐ》が願った手段などが好い例である。長十郎は平生忠利の*机廻りの用を勤めて、格別のご懇意を蒙《こうむ》ったもので、病牀《びょうしょう》を離れずに介抱をしていた。最早《もはや》本復は覚束ないと、忠利が悟ったとき、長十郎に「末期《まつご》が近うなったら、あの不二と書いてある大文字の懸物を枕許《まくらもと》に懸《か》けてくれ」と云い附けておいた。三月十七日に容態が次第に重くなって、忠利が「あの懸物を懸けえ」と云った。長十郎はそれを懸けた。忠利はそれを一目見て、暫く瞑目《めいもく》していた。それから忠利が「足がだるい」と云った。長十郎は掻巻《かいまき》の裾《すそ》を徐かに忠利の足をさすりながら、忠利の顔をじっと見ると、忠利もじっと見返した。

「長十郎お願がござりまする」

「なんじゃ」

「御病気はいかにも御重体のようにはお見受け申しまするが、神仏の加護良薬の功験で、一日も早う御全快遊ばすようにと、祈願いたしておりまする。それでも万一と申すことがござります。もしもの事がござりましたら、どうぞ長十郎奴《め》にお供を仰《おお》せ附けられますように」

こう云いながら長十郎は忠利の足をそっと持ち上げて、自分の額に押し当てて戴いた。目には涙が一ぱい浮かんでいた。

「それはいかんぞよ」こう云って忠利は今まで長十郎と顔を見合わせていたのに、半分寝返りをするように脇《わき》を向いた。

「どうぞそう仰ゃらずに」長十郎はまた忠利の足を戴いた。

「いかんいかん」顔を背向《そむ》けたままで云った。

列座の者の中から、「弱輩の身を以《もっ》て推参じゃ、控えたら好かろう」と云ったものがある。長十郎は当年十七歳である。「どうぞ」咽《のど》に支えたような声で云って、長十郎は三度目に戴いた足をいつまでも額に当てて放さずにいた。

「情の剛《こわ》い奴じゃな」声はおこって叱《しか》るようであったが、忠利はこの詞と倶《とも》に二度頷《うなず》いた。

長十郎は「はっ」と云って、両手で忠利の足を抱えたまま、床の背後《うしろ》に俯伏《うつぶ》して、暫く動かずにいた。その時長十郎の心の中には、非常な難所を通って往き着かなくてはならぬ所へ往き着いたような、力の弛《ゆる》みと心の落着きとが満ち溢《あふ》れて、その外の事は何も意識に上らず、備後畳《びんごたたみ》の上に涙の飜《こぼ》れるのも知らなかった。

長十郎はまだ弱輩で何一つ際立った功績もなかったが、忠利は始終目を掛けて側近《そばちか》く使っていた。酒が好きで、別人なら無礼のお咎もありそうな失錯《しっさく》をした事があるのに、忠利は「あれは長十郎がしたのでは無い、酒がしたのじゃ」と云って笑っていた。それでその恩に報いなくてはならぬ、その過《あやま》ちを償《つぐな》わなくてはならぬと思い込んでいた長十郎は、忠利の病気が重ってからは、その報謝と賠償との道は殉死の外無いと牢《かた》く信ずるようになった。しかし細かにこの男の心中に立ち入ってみると、自分の発意で殉死しなくてはならぬと云う心持の傍《かたわら》、人が自分を殉死するはずのものだと思っているに違いないから、自分は殉死を余儀なくせられていると、人にすがって死の方向へ進んで行くような心持が、殆ど同じ強さに存在していた。反面から云うと、もし自分が殉死せずにいたら、恐ろしい屈辱を受けるに違いないと心配していたのである。こう云う弱みのある長十郎ではあるが、死を怖れる念は微塵《みじん》もない。それだからどうぞ殿様に殉死を許して戴こうという願望は、何物の障礙《しょうがい》をもこうむらずにこの男の意志の全幅を領していたのである。

暫くして長十郎は両手で持っている殿様の足に力が這入って少し踏み伸ばされるように感じた。これはまただるくおなりになったのだと思ったので、また最初のように徐かにさすり始めた。この時長十郎の心頭には老母と妻との事が浮かんだ。そして殉死者の遺族が主家の優待を受けるという事を考えて、それで己《おのれ》は家族を安穏な地位において、安んじて死ぬる事が出来ると思った。それと同時に長十郎の顔は晴々した気色になった。

四月十七日の朝、長十郎は衣服を改めて母の前に出て、始めて殉死の事を明かして暇乞《いとまごい》をした。母は少しも驚かなかった。それは互に口に出しては云わぬが、きょうは倅《せがれ》が切腹する日だと、母も疾《と》うから思っていたからである。もし切腹しないとでも云ったら、母はさぞ驚いた事であろう。

母はまだ貰ったばかりのよめが勝手にいたのをその席へ呼んでただ支度が出来たかと問うた。よめはすぐに起《た》って、勝手から兼ねて用意してあった杯盤を自身に運んで出た。よめも母と同じように、夫がきょう切腹すると云うことを疾うから知っていた。髪を綺麗に撫《な》で附けて、好い分のふだん着に着換えている。母もよめも改まった、真面目な顔をしているのは同じ事であるが、ただよめの目の縁《ふち》が赤くなっているので、勝手にいた時泣いた事がわかる。杯盤が出ると、長十郎は弟左平次《さへいじ》を呼んだ。

四人は黙って杯を取り交わした。杯が一順したとき母が云った。

「長十郎や。お前の好きな酒じゃ。少し過してはどうじゃな」

「ほんにそうでござりまするな」と云って、長十郎は微笑を含んで、心地好げに杯を重ねた。

暫くして長十郎が母に云った。「好い心持に酔いました。先日から彼此《かれこれ》と心遣を致しましたせいか、いつもより酒が利いたようでございます。御免を蒙《こうむ》ってちょっと一休みいたしましょう」

こう云って長十郎は起って居間に這入ったが、すぐに部屋の真ん中に転がって、鼾《いびき》をかきだした。女房が跡からそっと這入って枕を出して当てさせた時、長十郎は「ううん」とうなって寝返りをしただけで、また鼾をかき続けている。女房はじっと夫の顔を見ていたが、忽ち慌てたように起って部屋へ往った。泣いてはならぬと思ったのである。

家はひっそりとしている。ちょうど主人の決心を母と妻とが云わずに知っていたように、家来も女中も知っていたので、勝手からも厩《うまや》の方からも笑声なぞは聞こえない。

母は母の部屋に、よめはよめの部屋に、弟は弟の部屋に、じっと物を思っている。主人は居間で鼾をかいて寝ている。開け放ってある居間の窓には、下に風鈴を附けた吊葱《つりしのぶ》が吊《つ》ってある。その風鈴が折々思い出したように微かに鳴る。その下には丈の高い石の頂を掘り窪《くぼ》めた手水鉢《ちょうずばち》がある。その上に伏せてある捲物《まきもの》の柄杓《ひしゃく》に、やんまが一疋《ぴき》止まって、羽を山形に垂れて動かずにいる。

一時《ひととき》立つ。二時《ふたとき》立つ。もう午《ひる》を過ぎた。食事の支度は女中に云い附けてあるが、姑《しゅうとめ》が食べると云われるか、どうだか分からぬと思って、よめは聞きに行こうと思いながらためらっていた。もし自分だけが食事の事なぞを思うように取られはすまいかとためらっていたのである。

その時兼ねて介錯《かいしゃく》を頼まれていた関小平次《せきこへいじ》が来た。姑はよめを呼んだ。よめが黙って手を衝いて機嫌を伺っていると、姑が云った。

「長十郎はちょっと一休みすると云うたが、いかい時が立つような。ちょうど関殿も来られた。もう起こして遣ってはどうじゃろうの」

「ほんにそうでござります。余り遅くなりません方が」よめはこう云って、すぐに起って夫を起しに往った。

夫の居間に来た女房は、先に枕をさせた時と同じように、またじっと夫の顔を見ていた。死なせに起すのだと思うので、暫くは詞を掛け兼ねていたのである。

熟睡していても、庭からさす昼の明りがまばゆかったと見えて、夫は窓の方を背にして、顔をこっちへ向けている。

「もし、あなた」と女房は呼んだ。

長十郎は目を醒まさない。

女房がすり寄って、聳《そび》えている肩に手を掛けると、長十郎は「あ、ああ」と云って臂《ひじ》を伸ばして、両眼を開いて、むっくり起きた。

「大そう好くお休みになりました。それに関様がお出になりました。お袋様が余り遅くなりはせぬかと仰ゃりますから、お起し申しました」

「そうか。それでは午になったと見える。少しの間だと思ったが、酔ったのと疲れがあったのとで、時の立つのを知らずにいた。その代りひどく気分が好うなった。茶漬でも食べて、そろそろ東光院へ往かずばなるまい。お母あ様にも申し上げてくれ」

武士はいざと云うときには飽食《ほうしょく》はしない。しかしまた空腹で大切な事に取り掛かる事もない。長十郎は実際ちょっと寐ようと思ったのだが、覚えず気持よく寐過し、午になったと聞いたので、食事をしようと云ったのである。これから形ばかりではあるが、一家四人のものがふだんのように膳《ぜん》に向かって、午の食事をした。

長十郎は心静かに支度をして、関を連れて菩提所《ぼだいしょ》東光院へ腹を切りに往った。

長十郎が忠利の足を戴いて願ったように、平生恩顧を受けていた家臣の中で、これと前後して思い思いに殉死の願をして許されたものが、長十郎を加えて十八人あった。

いずれも忠利の深く信頼していた侍共である。だから忠利の心では、この人々を子息光尚の保護のために残しておきたいことは山々であった。またこの人々を自分と一しょに死なせるのが残刻だとは十分感じていた。しかし彼ら一人一人に「許す」と云う一言を、身を割くように思いながら与えたのは、勢已《や》むことを得なかったのである。

自分の親しく使っていた彼らが、命を惜しまぬものであるとは、忠利は信じている。随《したが》って殉死を苦痛とせぬことも知っている。これに反してもし自分が殉死を許さずにおいて、彼等が生きながらえていたら、どうであろうか。家中一同は彼等を死ぬべき時に死なぬものとし、恩知らずとし、卑怯者として共に歯《よわい》せぬであろう。それだけならば、彼等もあるいは忍んで命を光尚に捧げる時の来るのを待つかも知れない。しかしその恩知らず、その卑怯者をそれと知らずに、先代の主人が使っていたのだと云うものがあったら、それは彼等の忍び得ぬ事であろう。彼等はどんなにか口惜しい思いをするであろう。こう思ってみると、忠利は「許す」と云わずにはいられない。そこで病苦にも増したせつない思いをしながら、忠利は「許す」と云ったのである。

殉死を許した家臣の数が十八人になった時、五十余年の久しい間治乱の中に身を処して、人情世故《せいこ》に飽くまで通じていた忠利は病苦の中にも、つくづく自分の死と十八人の侍の死とについて考えた。生《しょう》あるものは必ず滅する。老木の朽《く》ち枯《か》れる傍で、若木は茂り栄えて行く。嫡子光尚の周囲にいる少壮者《わかもの》共から見れば、自分の任用している老成人《としより》等《ら》は、もういなくて好いのである。邪魔にもなるのである。自分は彼等を生きながらえさせて、自分にしたと同じ奉公を光尚にさせたいと思うが、その奉公を光尚にするものは、もう幾人も出来ていて、手ぐすね引いて待っているかも知れない。自分の任用したものは、年来それぞれの職分を尽くして来るうちに、人の怨みをも買っていよう。少くも娼嫉《そねみ》の的になっているには違いない。そうしてみれば、強いて彼等にながらえていろと云うのは、通達した考えではないかも知れない。殉死を許して遣ったのは慈悲であったかも知れない。こう思って忠利は多少の慰藉を得たような心持になった。

殉死を願って許された十八人は寺本八左衛門直次《てらもとはちえもんなおつぐ》、大塚喜兵衛種次《おおつかきへえたねつぐ》、内藤長十郎元続《ないとうちょうじゅうろうもとつぐ》、太田小十郎正信《おおたこじゅうろうまさのぶ》、原田十次郎之直《はらだじゅうじろうゆきなお》、宗像加兵衛景定《むなかたかへえかげさだ》、同吉太夫景好《きちだゆうかげよし》、橋谷市蔵重次《はしたにいちぞうしげつぐ》、井原十三郎吉正《いはらじゅうざぶろうよしまさ》、田中意徳《たなかいとく》、本庄喜助重正《ほんじょうきすけしげまさ》、伊藤太左衛門方高《いとうたざえもんまさたか》、右田因幡統安《みぎたいなばむねやす》、野田喜兵衛重綱《のだきへえしげつな》、津崎五助長季《つざきごすけながすえ》、小林理右衛門行秀《こばやしりえもんゆきひで》、林与左衛門正定《はやしよざえもんまさたか》、宮永勝左衛門宗佑《みやながかつざえもんむねすけ》の人々である。

寺本が先祖は*尾張国《おわりのくに》寺本に住んでいた寺本太郎《たろう》と云うものであった。太郎の子内膳《ないぜん》正《のしょう》は今川《いまがわ》家に仕えた。内膳正の子が左兵衛、左兵衛の子が右衛門佐《うえもんのすけ》、右衛門佐の子が与左衛門で、与左衛門は朝鮮征伐のとき、加藤嘉明《かとうよしあき》に属して功があった。与左衛門の子が八左衛門で、大阪籠城《ろうじょう》のとき、後藤基次《ごとうもとつぐ》の下で働いた事がある。細川家に召抱えられてから、千石取って、鉄砲五十挺《ちょう》の頭《かしら》になっていた。四月二十九日に安養寺で切腹した。五十三歳である。藤本猪左衛門《ふじもといざえもん》が介錯した。大塚は百五十石取りの横目役*である。四月二十六日に切腹した。介錯は池田八左衛門であった。内藤が事は前に云った。太田は祖父伝左衛門《でんざえもん》が加藤清正《かとうきよまさ》に仕えていた。忠広《ただひろ》が封を除かれた時、伝左衛門とその子の源左衛門《げんざえもん》とが流浪《るろう》した。小十郎《こじゅうろう》は源左衛門の二男で児小姓に召し出された者である。百五十石取っていた。殉死の先登はこの人で、三月十七日に春日寺《かすがでら》で切腹した。十八歳である。介錯は門司源兵衛《もじげんべえ》がした。原田は百五十石取りで、お側に勤めていた。四月二十六日に切腹した。介錯は鎌田源太夫《かまたげんだゆう》がした。宗像加兵衛、同吉太夫の兄弟は、宗像中納言氏貞《うじさだ》の後裔《こうえい》で、親清兵衛景延《せいべえかげのぶ》の代に召し出された。兄弟いずれも二百石取りである。五月二日に兄は流長院《りゅうちょういん》、弟は蓮政寺《れんせいじ》で切腹した。兄の介錯は高田十兵衛《たかだじゅうべえ》、弟のは村上市右衛門《むらかみいちえもん》がした。橋谷は*出雲国《いずものくに》の人で、尼子の末流《ばつりゅう》である。十四歳の時忠利に召し出されて、知行百石の側役を勤め、食事の毒味をしていた。忠利は病が重くなってから、橋谷の膝を枕にして寝た事もある。四月二十六日に西岸寺《せいがんじ》で切腹した。ちょうど腹を切ろうとすると、城の太鼓が微かに聞えた。橋谷は附いて来ていた家隷《けらい》に、外へ出て何時か聞いて来いと云った。家隷は帰って、「しまいの四つだけは聞きましたが、総体の桴数《ばちすう》はわかりません」と云った。橋谷を始として、一座の者が微笑んだ。橋谷は「最期に好う笑わせてくれた」と云って、家隷に羽織を取らせて切腹した。吉村甚太夫《よしむらじんだゆう》が介錯した。井原は切米三人扶持十石を取っていた。切腹した時阿部弥一右衛門《やいちえもん》の家隷林左兵衛《はやしさへえ》が介錯した。田中は*阿菊物語《おきくものがたり》を世に残したお菊が孫で、忠利が愛宕山《あたごさん》へ学問に往った時の幼友達であった。忠利がその頃出家しようとしたのを、窃《ひそ》かに諫《いさ》めた事がある。後に知行二百石の側役を勤め、算術が達者で用に立った。老年になってからは、君前《くんぜん》で頭巾《ずきん》をかむったまま安座《あんざ》することを免《ゆる》されていた。当代に追腹《おいばら》を願っても許されぬので、六月十九日に小脇差を腹に突き立ててから願書を出して、とうとう許された。加藤安太夫《かとうやすだゆう》が介錯した。本庄は*丹後国《たんごのくに》の者で、流浪していたのを三斎公の部屋附き本庄久右衛門《ほんじょうきゅうえもん》が召使っていた。仲津《なかつ》で狼藉者《ろうぜきもの》を取り押さえて、五人扶持十五石の切米取りにせられた。本庄を名告ったのもその時からである。四月二十六日に切腹した。伊藤は*奥納戸役《おくなんどやく》を勤めた切米取りである。四月二十六日に切腹した。介錯は河喜多八助《かわきたはちすけ》がした。右田は大伴家《おおともけ》の浪人で、忠利に知行百石で召し抱えられた。四月二十七日に自宅で切腹した。六十四歳である。松野右《まつのう》京《きょう》の家隷田原勘兵衛《たはらかんべえ》が介錯した。野田は天草《あまくさ》の家老野田美濃《みの》の倅《せがれ》で、切米取りに召し出された。四月二十六日に源覚寺《げんかくじ》で切腹した。介錯は恵良半衛門《えらはんえもん》がした。津崎の事は別に書く。小林は二人扶持十石の切米取りである。切腹の時、高野勘右衛門《たかのかんえもん》が介錯した。林は南郷下田村《なんごうしもだむら》の百姓《ひゃくしょう》であったのを、忠利が十人扶持十五石に召し出して、花畑の館の庭方《にわかた》にした。四月二十六日に仏巌寺《ぶつがんじ》で切腹した。介錯は仲光半助《なかみつはんすけ》がした。宮永は二人扶持十石の台所役人で、先代に殉死を願った最初の男であった。四月二十六日に浄照寺《じょうしょうじ》で切腹した。介錯は吉村嘉右衛門《よしむらかえもん》がした。この人々の中にはそれぞれの家の菩提所に葬られたのもあるが、また高麗門外《こうらいもんがい》の山中にある霊屋のそばに葬られたのもある。

　切米取りの殉死者はわりに多人数であったが、中にも津崎五助の事蹟《じせき》は、きわだって面白いから別に書く事にする。

五助は二人扶持六石の切米取りで、忠利の犬牽《いぬひき》である。いつも鷹狩の供をして野方で忠利の気に入っていた。主君にねだるようにして、殉死のお許しは受けたが、家老たちは皆云った。「ほかの方々は高禄《こうろく》を賜わって、栄耀《えよう》をしたのに、そちは殿様のお犬牽ではないか。そちが志は殊勝で、殿様のお許しが出たのは、この上もない誉じゃ。もうそれでよい。どうぞ死ぬることだけは思い止まって、御当主に御奉公してくれい」と云った。

五助はどうしてもきかずに、五月七日にいつも牽いてお供をした犬を連れて、追廻《おいまわし》田畑《たはた》の高琳寺《こうりんじ》へ出掛けた。女房は戸口まで見送りに出て、「お前も男じゃ、お歴々の衆に負けぬようにおしなされい」と云った。

津崎の家では往生院《おうじょういん》を菩提所にしていたが、往生院は上の御由緒《ごゆいしょ》のあるお寺だと云うので憚《はばか》って、高琳寺を死所と極めたのである。五助が墓地に這入ってみると、兼ねて介錯を頼んでおいた松野縫殿助《まつのぬいのすけ》が先に来て待っていた。五助は肩に掛けた浅葱《あさぎ》の嚢《ふくろ》をおろしてその中から飯行李《めしこうり》*を出した。蓋《ふた》を開けると握飯が二つ這入っている。それを犬の前に置いた。犬はすぐに食おうともせず、尾を掉《ふ》って五助の顔を見ていた。五助は人間に云うように犬に云った。

「おぬしは畜生じゃから、知らずにおるかも知れぬが、お主の頭をさすって下されたことのある殿様は、もうお亡くなり遊ばされた。それで御恩になっていなされたお歴々は皆きょう腹を切ってお供をなさる。己は下司《げす》ではあるが、御扶持《ごふち》を戴いてつないだ命はお歴々と変ったことはない。殿様に可哀がって戴いたありがたさも同じ事じゃ。それで己は今腹を切って死ぬるのじゃ。己が死んでしもうたら、おぬしは今から野ら犬になるのじゃ。己はそれが可哀そうでならん。殿様のお供をした鷹は岫雲院で井戸に飛び込んで死んだ。どうじゃ。おぬしも己と一しょに死のうとは思わんかい。もし野ら犬になっても、生きていたいと思うたら、この握飯を食ってくれい。死にたいと思うなら、食うなよ」

こう云って犬の顔を見ていたが、犬は五助の顔ばかりを見ていて、握飯を食おうとはしない。

「それならおぬしも死ぬるか」と云って、五助は犬をきっと見詰めた。

犬は一声《ひとこえ》鳴いて尾を掉った。

「好い。そんなら不便《ふびん》じゃが死んでくれい」こう云って五助は犬を抱き寄せて、脇差を抜いて、一刀に刺した。

五助は犬の死骸を傍へ置いた。そして懐中から一枚の書き物を出して、それを前にひろげて、小石を重りにして置いた。誰やらの邸で歌の会のあった時見覚えた通りに半紙を横に二つに折って、「家老衆はとまれとまれと仰せあれどとめてとまらぬ此五助哉《このごすけかな》」と、＊常の詠草のように書いてある。署名はしてない。歌の中に五助としてあるから、二重に名を書かなくても好いと、すなおに考えたのが、自然に故実に愜《かな》っていた。

もうこれで何も手落ちは無いと思った五助は「松野様、お頼み申します」と云って、安座して肌をくつろげた。そして犬の血の附いたままの脇差を逆手《さかて》に持って、「お鷹匠衆はどうなさりましたな、お犬牽は只今参りますぞ」と高声に云って、一声快《こころ》よげに笑って、腹を十文字に切った。松野が背後《うしろ》から首を打った。

五助は身分の軽いものではあるが、後に殉死者の遺族の受けた程の手当は、跡に残った後家が受けた。男子一人は小さい時出家していたからである。後家は五人扶持を貰い、新たに家屋敷を貰って、忠利の三十三回忌の時まで存命していた。五助の甥の子が二代の五助となって、それからは代々＊触組《ふれぐみ》で奉公していた。

忠利の許を得て殉死した十八人の外に、阿部弥一右衛門通信《みちのぶ》と云うものがあった。初めは明石氏《あかしうじ》で、幼名を猪之助《いのすけ》と云った。夙《はや》くから忠利の側近く仕えて、千百石余の身分になっている。島原征伐のとき、子供五人のうち三人まで軍功によって新知二百石ずつを貰った。この弥一右衛門は家中でも殉死するはずのように思い、当人もまた忠利の夜伽《よとぎ》に出る順番が来る度に、殉死したいと云って願った。しかしどうしても忠利は許さない。「そちが志は満足に思うが、それよりは生きていて光尚に奉公してくれい」と、何度願っても、同じ事を繰り返して云うのである。

一体忠利は弥一右衛門の云うことを聴かぬ癖が附いている。これはよほど古くからの事で、まだ猪之助と云って小姓を勤めていた頃も、猪之助が「御膳を差し上げましょうか」と伺うと、「まだ空腹にはならぬ」と云う。外の小姓が申し上げると、「好い、出させい」と云う。忠利はこの男の顔を見ると、反対したくなるのである。そんなら叱られるかと云うと、そうでも無い。この男程精勤をするものは無く、万事に気が附いて、手ぬかりが無いから、叱ろうと云っても叱りようが無い。

弥一右衛門は外の人の云い附けられてする事を、云い附けられずにする。外の人の申し上げてする事を申し上げずにする。しかしする事はいつも*肯綮《こうけい》に中《あた》っていて、*間然すべき所がない。弥一右衛門は意地ばかりで奉公して行くようになっている。忠利は初めなんとも思わずに、ただこの男の顔を見ると、反対したくなったのだが、後にはこの男の意地で勤めるのを知って憎いと思った。憎いと思いながら、聡明《そうめい》な忠利はなぜ弥一右衛門がそうなったかと回想してみて、それは自分が為向《しむ》けたのだと云う事に気が附いた。そして自分の反対する癖を改めようと思っていながら、月が累《かさな》り年が累るに従って、それが次第に改めにくくなった。

人には誰が上にも好きな人、厭《いや》な人と云うものがある。そしてなぜ好きだか、厭だかと穿鑿《せんさく》してみると、どうかすると捕捉する程の拠《よ》りどころが無い。忠利が弥一右衛門を好かぬのも、そんなわけである。しかし弥一右衛門と云う男はどこかに人と親しみ難い処を持っているに違い無い。それは親しい友達の少いのでわかる。誰でも立派な侍として尊敬はする。しかし容易《たやす》く近づこうと試みるものが無い。まれに物数奇《ものずき》に近づこうと試みるものがあっても、暫くするうちに根気が続かなくなって遠ざかってしまう。まだ猪之助と云って、前髪のあった時、度々話をし掛けたり、何かに手を借して遣ったりしていた年上の男が、「どうも阿部には附け入る隙《ひま》が無い」と云って我を折った。そこらを考えてみると、忠利が自分の癖を改めたく思いながら改めることの出来なかったのも怪むに足りない。

兎に角《とかく》弥一右衛門は何度願っても殉死の許を得ないでいるうちに、忠利は亡くなった。亡くなる少し前に、「弥一右衛門奴《め》はお願いと申すことを申したことはございません、これが生涯唯一のお願でございます」と云って、じっと忠利の顔を見ていたが、忠利もじっと顔を見返して、「いや、どうぞ光尚に奉公してくれい」と云い放った。

弥一右衛門はつくづく考えて決心した。自分の身分で、この場合に殉死せずに生き残って、家中のものに顔を合せていると云う事は、百人が百人所詮出来ぬ事と思うだろう。犬死と知って切腹するか、浪人して熊本を去るかの外、為方があるまい。だが己は己だ。好いわ。武士は妾《めかけ》とは違う。主の気に入らぬからと云って、立場が無くなるはずは無い。こう思って一日一日と例の如くに勤めていた。

そのうちに五月六日*が来て、十八人のものが皆殉死した。熊本中ただその噂《うわさ》ばかりである。誰はなんと云って死んだ、誰の死様が誰よりも見事であったと云う話の外には、なんの話も無い。弥一右衛門は以前から人に用事の外の話をし掛けられたことは少かったが、五月七日からこっちは、御殿の詰所に出ていてみても、一層寂しい。それに相役が自分の顔を見ぬようにして見るのがわかる。そっと横から見たり、背後から見たりするのがわかる。不快で溜らない。それでも己は命が惜しくて生きているのでは無い、己をどれ程悪く思う人でも、命を惜しむ男だとはまさかに云うことが出来まい、たった今でも死んで好いのなら死んでみせると思うので、昂然《こうぜん》と項を反らして詰所へ出て、昂然と項を反らして詰所から引いていた。

二三日立つと、弥一右衛門が耳に怪《け》しからん噂が聞え出して来た。誰が云い出した事か知らぬが、「阿部はお許の無いを幸に生きているとみえる、お許は無うても追腹は切られぬはずが無い、阿部の腹の皮は人とは違うとみえる、瓢箪《ひょうたん》に油でも塗って切れば好いに」と云うのである。弥一右衛門は聞いて思いの外の事に思った。悪口が云いたくばなんとも云うがよい。しかしこの弥一右衛門を竪《たて》から見ても横から見ても、命の惜しい男とは、どうして見えようぞ。げに云えば云われたものかな、好いわ。そんならこの腹の皮を瓢箪に油を塗って切って見しょう。

弥一右衛門はその日詰所を引くと、急使を以て別家している弟二人を山崎の邸に呼び寄せた。居間と客間との間の建具を外させ、嫡子権兵衛《ごんべえ》、二男弥五兵衛《やごべえ》、次にまだ前髪のある五男七之丞《しちのじょう》の三人を傍におらせて、主人は威儀を正して待ち受けている。権兵衛は幼名権十郎《ごんじゅうろう》と云って、島原征伐に立派な働きをして、新知二百石を貰っている。父に劣らぬ若者である。この度の事については、ただ一度父に「お許は出ませなんだか」と問うた。父は「うん、出んぞ」と云った。その外二人の間にはなんの詞も交されなかった。親子は心の底まで知り抜いているので、何も云うには及ばぬのであった。

間もなく二張《ふたはり》の提燈《ちょうちん》が門の内に這入った。三男市太夫《いちだゆう》、四男五太夫《ごだゆう》の二人が殆ど同時に玄関に来て、雨具を脱いで座敷に通った。中陰の翌日からじめじめとした雨になって、五月闇《さつきやみ》の空が晴れずにいるのである。

障子は開け放してあっても、蒸し暑くて風がない。そのくせ燭台《しょくだい》の火はゆらめいている。螢が一匹庭の木立ちを縫って通り過ぎた。

一座を見渡した主人が口を開いた。「夜陰に呼びに遣ったのに、皆好う来てくれた。家中一般の噂じゃと云うから、おぬし達も聞いたに違いない。この弥一右衛門が腹は瓢箪に油を塗って切る腹じゃそうな。それじゃによって、己は今瓢箪に油を塗って切ろうと思う。どうぞ皆で見届けてくれい」

市太夫も五太夫も島原の軍功で新知二百石を貰って別家しているが、中にも市太夫は早くから若殿附になっていたので、御代替りになって人に羨《うらや》まれる一人である。

市太夫が膝を進めた。「なるほど。好う分かりました。実は傍輩《ほうばい》が云うには、弥一右衛門殿は御先代の御遺言で続いて御奉公なさるそうな。親子兄弟相変らず揃《そろ》うてお勤めなさる、めでたい事じゃと云うのでござります。その詞が何か意味ありげで歯痒《はがゆ》うござりました」

父弥一右衛門は笑った。「そうであろう。目の先ばかり見える近眼《ちかめ》共を相手にするな。そこでその死なぬはずの己が死んだら、お許のなかった己の子じゃと云うて、おぬし達を侮るものもあろう。己の子に生まれたのは運じゃ。しょう事が無い。恥を受ける時は一しょに受けい。兄弟喧嘩《げんか》をするなよ。さあ、瓢箪で腹を切るのを好う見ておけ」

こう云っておいて、弥一右衛門は子供等の面前で切腹して、自分で首筋を左から右へ刺し貫いて死んだ。父の心を測り兼ねていた五人の子供等は、この時悲しくはあったが、それと同時にこれまでの不安心な境界を一歩離れて、重荷の一つを卸したように感じた。

「兄き」と二男弥五兵衛が嫡子に云った。「兄弟喧嘩をするなと、お父《と》っさんは云いおいた。それには誰も異存はあるまい。己は島原で持場が悪うて、知行も貰わずにいるから、これからはおぬしが厄介になるじゃろう。じゃが何事があっても、おぬしが手に慥かな槍一本はあると云うものじゃ。そう思うていてくれい」

「知れた事じゃ。どうなる事か知れぬが、己が貰う知行はおぬしが貰うも同じじゃ」

こう云ったぎり権兵衛は腕組みをして顔をしかめた。

「そうじゃ。どうなる事か知れぬ。追腹はお許の出た殉死とは違うなぞと云う奴があろうて」こう云ったのは四男の五太夫である。

「それは目に見えておる。どう云う目に逢《お》うても」こう云いさして三男市太夫は権兵衛の顔を見た。「どう云う目に逢うても、兄弟離ればなれに相手にならずに、固まって行こうぞ」

「うん」と権兵衛は云ったが、打ち解けた様子も無い。権兵衛は弟共を心にいたわってはいるが、やさしく物を言われぬ男である。それに何事も一人で考えて、一人でしたがる。相談と云うものをめったにしない。それで弥五兵衛も市太夫も念を押したのである。

「兄《に》い様方が揃うてお出なさるから、お父っさんの悪口は、うかと云われますまい」これは前髪の七之丞が口から出た。女のような声ではあったが、それに強い信念が籠っていたので、一座のものの胸を、暗黒な前途を照らす光明のように照らした。「どりゃ。おっ母《か》さんに云うて、女子達に暇乞をさしょうか」こう云って権兵衛が席を起った。

従四位下侍従兼肥後守光尚の家督相続が済んだ。家臣にはそれぞれ新知、加増、役替えなどがあった。中にも殉死の侍十八人の家々は、嫡子にそのまま父の跡を継がせられた。嫡子のある限りは、いかに幼少でもその数には漏れない。未亡人《びぼうじん》、老父母には扶持が与えられる。家屋敷を拝領して、作事までも上から為向けられる。先代が格別入懇《じっこん》にせられた家柄で、死天《しで》の旅の御供にさえ立ったのだから、家中のものが羨みはしても妬《ねた》みはしない。

然《しか》るに一種変った跡目の処分を受けたのは、阿部弥一右衛門の遺族である。嫡子権兵衛は父の跡をそのまま継ぐことが出来ずに、弥一右衛門が千五百石の知行は細かに割いて弟たちへも配分せられた。一族の知行を合わせてみれば、前に変ったことは無いが、本家を継いだ権兵衛は、小身ものになったのである。権兵衛の肩幅の狭くなったことは云うまでも無い。弟共も一人一人の知行は殖えながら、これまで千石以上の本家によって、大木の陰に立っているように思っていたのが、今は橡栗《どんぐり》の背競《せいくらべ》になって、難有いようで迷惑な思をした。

政道は地道である限は、咎の帰する所を問うものは無い。一旦常に変った処置があると、誰の捌《さば》きかという詮議が起る。当主の御覚えめでたく、御側去らずに勤めている大目附役に、林外記《はやしげき》と云うものがある。小才覚があるので、若殿様時代のお伽には相応していたが、物の大体を見る事においては及ばぬ所があって、兎角苛察《*かさつ》に傾きたがる男であった。阿部弥一右衛門は故殿様のお許を得ずに死んだのだから、真の殉死者と弥一右衛門との間には境界を附けなくてはならぬと考えた。そこで阿部家の俸禄《ほうろく》分割の策を献じた。光尚も思慮ある大名ではあったが、まだ物馴れぬ時の事で、弥一右衛門や嫡子権兵衛と懇意でないために、思遣りが無く、自分の手元に使って馴染《なじみ》のある市太夫がために加増になると云う処に目を附けて、外記の言を用いたのである。

十八人の侍が殉死した時には、弥一右衛門はお側に奉公していたのに殉死しないと云って、家中のものが卑《いやし》んだ。さて僅《わず》かに二三日を隔てて弥一右衛門は立派に切腹したが、事の当否は措《お》いて、一旦受けた侮辱は容易に消え難く、誰も弥一右衛門を褒めるものが無い。上では弥一右衛門の遺骸を霊屋の側《かたわら》に葬ることを許したのであるから、跡目相続の上にも強いて境界を立てずにおいて、殉死者一同と同じ扱をして好かったのである。そうしたなら阿部一族は面目《めんぼく》を施して、挙《こぞ》って忠勤を励んだのであろう。然るに上で一段下った扱いをしたので、家中のものの阿部家侮蔑の念が公に認められた形になった。権兵衛兄弟は次第に傍輩に疎んぜられて、怏々《おうおう》として日を送った。

寛永十九年三月十七日になった。先代の殿様の一週忌である。霊屋の傍にはまだ妙《みょう》解寺《げじ》は出来ていぬが、向陽院《こうよういん》と云う堂宇が立って、そこに妙解院殿の位牌《いはい》が安置せられ、鏡首座《きょうしゅざ》と云う僧が住持している。忌日《きにち》に先だって、紫野大徳寺《むらさきのだいとくじ》の天祐和尚《てんゆうおしょう》が京都から下向する。年忌の営みは晴々しいものになるらしく、一箇月ばかり前から、熊本の城下は準備に忙しかった。

いよいよ当日になった。麗《うらら》かな日和で、霊屋の傍は桜の盛りである。向陽院の周囲には幕を引き廻わして、歩卒が警護している。当主が自ら臨場して、先ず先代の位牌に焼香し、次いで殉死者十九人の位牌に焼香する。それから殉死者遺族が許されて焼香する、同時に御紋附上下、同時服を拝領する。馬廻《うままわり》以上は長上下、徒士《かち》は半上下である。下々の者は御香奠《ごこうでん》を拝領する。

儀式は滞《とどこおり》なく済んだが、その間にただ一つの珍事が出来《しゅったい》した。それは阿部権兵衛が殉死者遺族の一人として、席順によって妙解院殿の位牌の前に進んだ時、焼香をして退《の》きしなに、脇差の小柄を抜き取って髻《もとどり》を押し切って、位牌の前に供えたことである。この場に詰めていた侍共も、不意の出来事に驚き呆れて、茫然として見ていたが、権兵衛が何事も無いように、自若として五六歩退いたとき、一人の侍がようよう我に返って、「阿部殿、お待ちなされい」と呼び掛けながら、追い縋《すが》って押し止めた。続いて二三人立ち掛かって、権兵衛を別間に連れて這入った。

権兵衛が詰衆《つめしゅう》に尋ねられて答えた所はこうである。貴殿等は某《それがし》を乱心者のように思われるであろうが、全く左様なわけでは無い。父弥一右衛門は一生瑕瑾《かきん》のない御奉公をいたしたればこそ、故殿様のお許を得ずに切腹しても、殉死者の列に加えられ、遺族たる某さえ他人に先だって御位牌に御焼香いたすことが出来たのである。しかし某は不肖にして父同様の御奉公が成り難いのを、上にもご承知と見えて、知行を割いて弟どもに御遣《おつかわし》なされた。某は故殿様にも御当主にも亡き父にも一族の者共にも傍輩にも面目がない。かように存じているうち、今日御位牌に御焼香いたす場合になり、咄《とっ》嗟《さ》の間、感慨胸に迫り、いっそのこと武士を棄てようと決心いたした。お場所柄を顧みざるお咎は甘んじて受ける。乱心などはいたさぬと云うのである。

権兵衛の答を光尚は聞いて、不快に思った。第一に権兵衛が自分に面当《つらあて》がましい所行をしたのが不快である。次に自分が外記の策を納《い》れて、しなくても好い事をしたのが不快である。まだ二十四歳の血気の殿様で、情を抑え欲を制することが足りない。恩を以て怨に報いる寛大の心持に乏しい。即座に権兵衛をおし籠《こ》めさせた。それを聞いた弥五兵衛以下一族のものは門を閉じて上の御沙汰を待つことにして、夜陰に一同寄り合っては、窃に一族の前途のために評議を凝らした。

阿部一族は評議の末、この度先代一週忌の法会《ほうえ》のために下向して、まだ逗留《とうりゅう》している天祐和尚に縋がることにした。市太夫は和尚の旅館に往って一部始終を話して、権兵衛に対する上の処置を軽減して貰うように頼んだ。和尚はつくづく聞いて云った。承れば御一家のお成行気の毒千万である。しかし上の御政道に対して彼此云うことは出来ない。ただ権兵衛殿に死を賜わるとなったら、きっと御助命を願って進ぜよう。殊に権兵衛殿は既に髻を払われてみれば、桑門《とうもん》同様の身の上である。御助命だけはいかようにも申してみようと云った。市太夫は頼もしく思って帰った。一族のものは市太夫の復命を聞いて、一条の活路を得たような気がした。そのうち日が立って、天祐和尚の帰京の時が次第に近づいて来た。和尚は殿様に逢って話をする度に、阿部権兵衛が助命の事を折があったら言上しようと思ったが、どうしても折がない。それはそのはずである。光尚はこう思ったのである。天祐和尚の逗留中に権兵衛の事を沙汰したらきっと助命を請われるに違い無い。大寺の和尚の詞でみれば、等閑《なおざり》に聞き棄てることはなるまい。和尚の立つのを待って処置しようと思ったのである。とうとう和尚は空しく熊本を立ってしまった。

天祐和尚が熊本を立つや否や、光尚はすぐに阿部権兵衛を井出*の口に引き出だして縛首にさせた。先代の御位牌に対して不敬な事を敢《あ》えてした、上を恐れぬ所行として処置せられたのである。

弥五兵衛以下一同のものは寄り集まって評議した。権兵衛の所行は不埒《ふらち》には違いない。しかし亡父弥一右衛門は兎に角殉死者の中に数えられている。その相続人たる権兵衛でみれば、死を賜うことは是非が無い。武士らしく切腹仰せ附けられれば異存はない。それに何事ぞ、奸盗《かんとう》かなんぞのように、白昼に縛首にせられた。この様子で推すれば、一族のものも安穏には差しおかれまい。縦《たと》い別に御沙汰が無いにしても、縛首にせられたものの一族が、何の面目あって、傍輩に立ち交わって御奉公をしよう。

この上は是非に及ばない。何事があろうとも、兄弟分かれ分かれになるなと、弥一右衛門殿の云いおかれたのはこの時の事である。一族討手《うつて》を引き受けて、共に死ぬる外は無いと、一人の異議を称えるものも無く決した。

阿部一族は妻子を引き纏めて、権兵衛が山崎の屋敷に立て籠った。

穏ならぬ一族の様子が上に聞えた。横目が偵察に出て来た。山崎の屋敷では門を厳重に鎖《とざ》して静まりかえっていた。市太夫や五太夫の宅は空屋になっていた。

討手の手配が定められた。表門は側者頭《そばものがしら》竹内数馬《たけうちかずま》長政《ながまさ》が指揮役をして、それに小頭添島九兵衛《そえじまくへえ》、同じく野村庄兵衛《のむらしょうべえ》が随《したが》っている。数馬は千百五十石で鉄砲組三十挺《ちょう》の頭である。譜第《ふだい》の乙名島徳右衛門《おとなしまとくえもん》が供をする。添島、野村は当時百石のものである。裏門の指揮役は知行五百石の側者頭高見権右衛門重政《たかみごんえもんしげまさ》で、これも鉄砲組三十挺の頭である。それに目附畑十太夫《はたけじゅうだゆう》と竹内数馬の小頭で当時百石の千場作兵衛《ちばさくべえ》とが随っている。

討手は四月二十一日に差し向けられることになった。前晩に山崎の屋敷の周囲には夜廻りが附けられた。夜が更けてから侍分のものが一人覆面して、塀を内から乗り越えて出たが、廻役の佐分利嘉左衛門《さぶりかざえもん》が組の足軽丸山三之丞《まるやまさんのじょう》が討ち取った。その後夜明けまで何事もなかった。

兼ねて近隣のものには沙汰があった。縦い当番たりとも在宿して火の用心を怠らぬようにいたせというのが一つ。討手でないのに、阿部が屋敷に入り込んで手出しをすることは厳禁であるが、落人《おちうど》は勝手に討ち取れと云うのが二つであった。

阿部一族は討手の向う日をその前日に聞き知って、先ず邸内を隈なく掃除し、見苦しい物は悉く焼き棄てた。それから老若《ろうにゃく》打寄って酒宴をした。それから老人や女は自殺し、幼いものは手ん手に刺し殺した。それから庭に大きい穴を掘って死骸を埋めた。跡に残ったのは究竟《くっきょう》の若者ばかりである。弥五兵衛、市太夫、五太夫、七之丞の四人が指図して、障子襖《ふすま》を取り払った広間に家来を集めて、鉦《かね》太鼓を鳴らさせ、高声に念仏をさせて夜の明けるのを待った。これは老人や妻子を弔うためだとは云ったが、実は下人共に臆病の念を起させぬ用心であった。

阿部一族の立て籠った山崎の屋敷は、後に斎藤勘助《さいとうかんすけ》の住んだ所で、向いは山中又左衛門《やまなかまたざえもん》、左右両隣は柄本又七郎《つかもとまたしちろう》、平山三郎《ひらやまさぶろう》の住いであった。

この中で柄本が家は、もと天草郡を三分して領していた柄本、天草、志岐《しき》の三家の一つである。小西行長《こにしゆきなが》が肥後半国を治めていた時、天草、志岐は罪を犯して誅《ちゅう》せられ、柄本だけが残っていて、細川家に仕えた。

又七郎は平生阿部弥一右衛門が一家と心安くして、主人同志は固《もと》より、妻女までも互いに往来していた。中にも弥一右衛門の二男弥五兵衛は鎗《やり》が得意で、又七郎も同じ技を嗜《たしな》む所から、親しい中で広言をし合って、「お手前が上手でも某にはかなうまい」、「いや某なんでお手前に負けよう」などと云っていた。

そこで先代の殿様の病中に、弥一右衛門が殉死を願って許されぬと聞いた時から、又七郎は弥一右衛門の胸中を察して気の毒がった。それから弥一右衛門の追腹、家督相続人権兵衛の向陽院での振舞、それが基になっての死刑、弥五兵衛以下一族の立籠という順序に、阿部家がだんだん否運に傾いて来たので、又七郎は親身のものにも劣らぬ心痛をした。

ある日又七郎が女房に云い附けて、夜更けてから阿部の屋敷へ見舞いに遣った。阿部一族は上に叛《そむ》いて籠城めいた事をしているから、男同志は交通することが出来ない。然るに最初からの行掛かりを知っていてみれば、一族のものを悪人として憎むことは出来ない。ましてや年来懇意にした間柄である。婦女の身として密《ひそ》かに見舞うのは、よしや後日に発覚したとて申訣の立たぬ事でもあるまいという考えで、見舞いには遣ったのである。女房は夫の詞を聞いて、喜んで心尽しの品を取揃えて、夜更けて隣へおとずれた。これもなかなか気丈な女で、もし後日に発覚したら、罪を自身に引き受けて、夫に迷惑は掛けまいと思ったのである。

阿部一族の喜は非常であった。世間は花咲き鳥歌う春であるのに、不幸にして神仏にも人間にも見放されて、かく籠居《ろうきょ》している我々である。それを見舞うて遣れと云う夫も夫、その云い附けを守って来てくれる妻も妻、実に難有い心掛けだと、心から感じた。女達は涙を流して、こうなり果てて死ぬるからは、世の中に誰一人菩提を弔うてくれるものもあるまい、どうぞ思い出したら、一遍の回向《えこう》をして貰いたいと頼んだ。子供達は門外へ一足も出されぬので、ふだん優しくしてくれた柄本の女房を見て、右左から取り縋って、容易く放して帰さなかった。

阿部の屋敷へ討手の向う前晩になった。柄本又七郎はつくづく考えた。阿部一族は自分と親しい間柄である。それで後日の咎もあろうかとは思いながら、女房を見舞いにまで遣った。しかしいよいよ明朝は上の討手が阿部家へ来る。これは逆賊を征伐せられるお上の軍《いくさ》も同じことである。御沙汰には火の用心をせい、手出しをするなと云ってあるが、武士たるものがこの場合に懐手をして見ていられたものでは無い。情は情、義は義である。己にはせんようが有ると考えた。そこで更闌《こうた》けて抜足をして、後口から薄暗い庭へ出て、阿部家との境の竹垣の結縄をことごとく切っておいた。それから帰って身支度をして、長押《なげし》に懸けた手槍を卸し、鷹の羽の紋の附いた鞘《さや》を払って、夜の明けるのを待っていた。

討手として阿部の屋敷の表門に向うことになった竹内数馬は、武道の誉ある家に生まれたものである。先祖は細川高国の手に属して、強弓《ごうきゅう》の名を得た島村弾正貴則《しまむらだんじょうたかのり》である。享禄《きょうろく》四年に高国が＊摂津国尼崎《せっつのくにあまがさき》に敗れた時、弾正は敵二人を両腋《りょうわき》に挟んで海に飛び込んで死んだ。弾正の子市兵衛《いちべえ》は河内の八隅《やすみ》家に仕えて一時八隅と称したが、竹内越を領することになって、竹内《たけのうち》と改めた。竹内市兵衛の子吉兵衛は小西行長に仕えて、紀伊国《きいのくに》太田の城を水攻めにした時の功で、豊臣太閤《とよとみたいこう》に白練《しろねり》に朱の日の丸の陣羽織を貰った。朝鮮征伐の時には小西家の人質として、李王宮に三年押し籠められていた。小西家が滅びてから、加藤清正に千石で召し出されていたが、主君と物争をして白昼に熊本城下を立ち退《の》いた。加藤家の討手に備えるために、鉄砲に玉を籠め、火縄に火を附けて持たせて退いた。それを三斎が豊前で千石に召し抱えた。この吉兵衛に五人の男子があった。長男はやはり吉兵衛と名告ったが、後剃髪《ていはつ》して八隅見山《やすみけんざん》といった。二男は七郎右衛門、三男は次郎太夫、四男は八兵衛、五男が即ち数馬である。

　数馬は忠利の児小姓を勤めて、島原征伐の時殿様の側にいた。寛永十五年二月二十五日細川の手のものが城を乗り取ろうとした時、数馬が「どうぞお先手《さきて》へお遣し下されい」と忠利に願った。忠利は聴かなかった。押し返してねだるように願うと、忠利が立腹して、「小倅《こせがれ》、勝手にうせおれ」と叫んだ。数馬はその時十六歳である。「あっ」と云いさま駈け出すのを見送って、忠利が「怪我をするなよ」と声を掛けた。乙名島徳右衛門、草履《ぞうり》取一人、槍持《やりもち》一人が跡から続いた。主従四人である。城から打ち出す鉄砲が烈《はげ》しいので、島が数馬の着ていた猩々緋《しょうじょうひ》の陣羽織の裾を掴んで跡へ引いた。数馬は振り切って城の石垣に攀《よ》じ登る。島も是非なく附いて登る。とうとう城内に這入って働いて、数馬は手を負った。同じ場所から攻め入った柳川の立花飛《ひ》驒守宗茂《だのかみむねしげ》は七十二歳の古武者《ふるつわもの》で、この時の働振を見ていたが、渡辺新弥、仲光内膳《なかみつないぜん》と数馬との三人が天晴《あっぱれ》であったと云って、三人へ連名の感状を遣った。落城の後、忠利は数馬に関兼光《せきかねみつ》の脇差を遣って、禄を千百五十石に加増した。脇差は一尺八寸、直焼無銘、*横鑢《よこやすり》、*銀の九曜《くよう》の三並びの目貫《めぬき》、赤銅縁、金拵《きんごしらえ》である。目貫の穴は二つあって、一つは鉛で塡めてあった。忠利はこの脇差を秘蔵していたので、数馬に遣ってからも、登城の時などには、「数馬あの脇差を貸せ」と云って、借りて差した事も度々ある。

光尚に阿部の討手を云い附けられて、数馬が喜んで詰所へ下がると、傍輩の一人が囁いた。

「奸物《かんぶつ》にも取柄はある。おぬしに表門の采配《さいはい》を振らせるとは、林殿にしては好く出来た」

数馬は耳を欹《そばだ》てた。「なにこの度のお役目は外記が申し上げて仰せ附けられたのか」

「そうじゃ。外記殿が殿様に云われた。数馬は御先代が出格のお取立をなされたものじゃ。ご恩報じにあれをお遣りなされいと云われた。物怪《もっけ》の幸いではないか」

「ふん」と云った数馬の眉間《みけん》には、深い皺《しわ》が刻まれた。「好いわ。討死するまでの事じゃ」こう云い放って、数馬はついと起って館を下がった。

この時の数馬の様子を光尚が聞いて、竹内の屋敷へ使いを遣って、「怪我をせぬように、首尾好くいたして参れ」と云わせた。数馬は「難有いお詞を慥かに承ったと申し上げて下されい」と云った。

数馬は傍輩の口から、外記が自分を推してこの度の役に当らせたのだと聞くや否や、即時に討死をしようと決心した。それがどうしても動かす事の出来ぬ程堅固な決心であった。外記は御恩報じをさせると云ったという事である。この詞は図らず聞いたのであるが、実は聞くまでもない、外記が薦《すす》めるには、そう云って薦めるに極まっている。こう思うと、数馬は立ってても据わってもいられぬような気がする。自分は御先代の引立を蒙ったには違いない。しかし元服をしてから後の自分は、謂わば大勢の近習《きんじゅ》の中の一人で、別に出色のお扱いを受けてはいない。御恩には誰も浴している。御恩報じを自分に限ってしなくてはならぬと云うのは、どう云う意味か。云うまでもない、自分は殉死するはずであったのに、殉死しなかったから、命掛けの場所に遣ると云うのである。命は何時でも喜んで棄てるが、前《さき》にしおくれた殉死の代りに死のうとは思わない。今命を惜まぬ自分が、なんで御先代の中陰の果の日に命を惜しんだであろう。謂われの無い事である。畢竟《ひっきょう》どれだけの御入懇になった人が殉死すると云う、はっきりした境は無い。同じように勤めていた御近習の若侍の中に殉死の沙汰が無いので、自分もながらえていた。殉死して好い事なら、自分は誰よりも先にする。それ程の事は誰の目にも見えているように思っていた。それに疾《と》うにするはずの殉死をせずにいた人間として極印を打たれたのは、かえすがえすも口惜しい。自分は雪《すす》ぐ事の出来ぬ汚れを身に受けた。それ程の辱《はじ》を人に加える事は、あの外記でなくては出来まい。外記としてはさもあるべき事である。しかし殿様がなぜそれをお聴納になったか。外記に傷けられたのは忍ぶ事も出来よう。殿様に棄てられたのは忍ぶ事が出来ない。島原で城に乗り入ろうとした時、御先代がお呼止めなされた。それはお馬廻りのものがわざと先手《さきて》に加わるのをお止めなされたのである。この度御当主の怪我をするなと仰ゃるのは、それとは違う。惜しい命をいたわれと仰ゃるのである。それがなんの難有かろう。古い創《きず》の上を新に鞭《むち》うたれるようなものである。ただ一刻も早く死にたい。死んで雪がれる汚れではないが、死にたい。犬死でも好いから、死にたい。

数馬はこう思うと、矢も楯も溜まらない。そこで妻子には阿部の討手を仰せ附けられたとだけ、手短に云い聞かせて、一人ひたすら支度を急いだ。殉死した人達は皆安堵して死に就くという心持でいたのに、数馬が心持は苦痛を逃れるために死を急ぐのである。乙名島徳右衛門が事情を察して、主人と同じ決心をした外には、一家のうちに数馬の心底を汲《く》み知ったものが無い。今年二十一歳になる数馬の所へ、去年来たばかりのまだ娘らしい女房は、当歳の女の子を抱いてうろうろしているばかりである。

あすは討入という四月二十日の夜、数馬は行水を使って、月題《さかやき》を剃って、髪には忠利に拝領した名香初音《はつね》を焚き込めた。白無垢《しろむく》に白襷《しろだすき》、白鉢巻をして、肩に合印《あいじるし》の角取《すみとり》紙《がみ》を附けた。腰に帯びた刀は二尺四寸五分の正盛《まさもり》で、先祖島村弾正が尼崎で討死した時、故郷に送った記念《かたみ》である。それに初陣《ういじん》の時拝領した兼光を差し添えた。門口には馬がいないている。

手槍を取って庭に降り立つとき、数馬は草鞋《わらじ》の緒《お》を男結にして、余った緒を小刀で切って捨てた。

阿部の屋敷の裏門に向うことになった高見権右衛門は本《も》と和田《わだ》氏で、近江国《おうみのくに》和田に住んだ和田但馬守《たじまのかみ》の裔《すえ》である。初蒲生賢秀《がもうかたひで》に随っていたが、和田庄五郎《しょうごろう》の代に細川家に仕えた。庄五郎は岐阜《ぎふ》、関原《せきがはら》の戦に功のあったものである。忠利の兄与一郎忠隆《よいちろうただたか》の下に附いていたので、忠隆が慶長五年大阪で妻前田氏の早く落ち延びたために父の勘気を受け、入道休無となって流浪した時、高野山や京都まで供をした。それを三斎が小倉へ呼び寄せて、高見氏を名告らせ、番頭《ばんがしら》にした。知行五百石であった。庄五郎の子が権右衛門である。島原の戦に功があったが、軍令に背いた廉《かど》で、一旦役を召し上げられた。それが暫くしてから帰参して側者頭になっていたのである。権右衛門は討入の支度の時黒羽二重の紋附きを着て、兼ねて秘蔵していた備前長船《おさふね》の刀を取り出して帯びた。そして十文字の槍を持って出た。

竹内数馬の手に島徳右衛門がいるように、高見権右衛門は一人の小姓を連れている。阿部一族の事のあった二三年前の夏の日に、この小姓は非番で部屋に昼寝をしていた。そこへ相役の一人が供先から帰って真裸になって、手桶《ておけ》を提げて井戸へ水を汲みに行き掛けたが、ふとこの小姓の寝ているのを見て、「己がお供から帰ったに、水も汲んでくれずに寝ておるかい」と云いざまに枕を蹴った。小姓は跳ね起きた。

「なるほど。目が醒めておったら、水も汲んで遣ろう。じゃが枕を足蹴にすると云うことがあるか。このままには済まんぞ」こう云って抜打ちに相役を大袈裟《おおげさ》に切った。

小姓は静かに相役の胸の上に跨《また》がって止めを刺して、乙名の小屋へ往って仔細《しさい》を話した。「即座に死ぬるはずでござりましたが、御不審もあろうかと存じまして」と、肌を脱いで切腹しようとした。乙名が「まず待て」と云って権右衛門に告げた。権右衛門はまだ役所から下がって、衣服も改めずにいたので、そのまま館へ出て忠利に申し上げた。忠利は「尤の事じゃ。切腹には及ばぬ」と云った。この時から小姓は権右衛門に命を捧げて奉公しているのである。

小姓は箙《えびら》を負い半弓を取って、主の傍《かたわら》に引き添った。

寛永十九年四月二十一日は麦秋《むぎあき》に好くある薄曇の日であった。

阿部一族の立て籠っている山崎の屋敷に討ち入ろうとして、竹内数馬の手のものは払暁《ふつぎょう》に表門の前に来た。夜通し鉦《かね》太鼓を鳴らしていた屋敷の内が、今はひっそりとして空家かと思われる程である。門の扉は鎖《とざ》してある。板塀の上に二三尺伸びている夾竹桃《きょうちくとう》の木末《うら》には、蜘《くも》のいが掛かっていて、それに夜露が真珠のように光っている。燕《つばめ》が一羽どこからか飛んで来て、つと塀の内に入った。

数馬は馬を乗り放って降り立って、暫く様子を見ていたが、「門を開けい」と云った。足軽が二人塀を乗り越して内に這入った。門の廻りには敵は一人もいないので、錠前を打ちこわして貫の木を抜いた。

隣家の柄本又七郎は数馬の手のものが門を開ける物音を聞いて、前夜結縄を切っておいた竹垣を踏み破って、駈け込んだ。毎日のように往来して、隅々まで案内を知っている家である。手槍を構えて台所の口から、つと這入った。座敷の戸を締め切って、籠み入る討手のものを一人一人討ち取ろうとして控えていた一族の中で、裏口に人のけはいのするのに、先ず気の附いたのは弥五兵衛である。これも手槍を提げて台所へ見に出た。

二人は槍の穂先と穂先とが触れ合う程に相対した。「や、又七郎か」と、弥五兵衛が声を掛けた。

「おう。兼ねての広言がある。おぬしが槍の手並を見に来た」

「*好うわせた。さあ」

二人は一歩しざって槍を交えた。しばらく戦ったが、槍術は又七郎の方が優れていたので、弥五兵衛の胸板をしたたかに衝き抜いた。弥五兵衛は槍をからりと棄てて、座敷の方へ引こうとした。

「卑怯じゃ。引くな」又七郎が叫んだ。

「いや逃げはせぬ。腹を切るのじゃ」云い棄てて座敷に這入った。

その刹那に「おじ様、お相手」と叫んで、前髪の七之丞が電光の如くに飛んで出て、又七郎の太股《ふともも》をついた。入懇の弥五兵衛に深手を負わせて、覚えず気が弛《ゆる》んでいたので、手錬の又七郎も少年の手に掛かったのである。又七郎は槍を棄ててその場に倒れた。

数馬は門内に入って人数を屋敷の隅々に配った。さて真っ先に玄関に進んでみると、正面の板戸が細目にあけてある。数馬がその戸に手を掛けようとすると、島徳右衛門が押し隔てて、詞せわしく囁いた。

「お待ちなさりませ。殿は今日の総大将じゃ。某がお先をいたします」

徳右衛門は戸をがらりと開けて飛び込んだ。待ち構えていた市太夫の槍に、徳右衛門は右の目を衝かれてよろよろと数馬に倒れかかった。

「邪魔じゃ」数馬は徳右衛門を押し退けて進んだ。市太夫、五太夫の槍が左右のひはらを衝き抜いた。

添島九兵衛、野村庄兵衛が続いて駆け込んだ。徳右衛門も痛手に屈せず取って返した。

この時裏門を押し破って這入った高見権右衛門は十文字槍を揮《ふる》って、阿部の家来どもを衝きまくって座敷に来た。千場作兵衛《ちばさくべえ》も続いて籠み入った。

裏表二手のもの共が入り違えて、おめき叫んで衝いて来る。障子襖は取り払ってあっても、三十畳に足らぬ座敷である。市街戦の惨状が野戦より甚しいと同じ道理で、皿に盛られた百虫《ひゃくちゅう》の相啖《あいくら》うにも譬《たと》えつべく、目も当てられぬ有様である。

市太夫、五太夫は相手きらわず槍を交えているうち、全身に数えられぬ程の創を受けた。それでも屈せずに、槍を棄てて刀を抜いて切り廻っている。七之丞はいつの間にか倒れている。

太股を衝かれた柄本又七郎が台所に伏していると、高見の手のものが見て、「手をお負《おい》なされたな、お見事じゃ、早うお引きなされい」と云って、奥へ通り抜けた。

「引く足があれば、わしも奥へ這入るが」と、又七郎は苦々しげに云って歯咬《はがみ》をした。

そこへ主の跡を慕って入り込んだ家来の一人が駆け附けて、肩に掛けて退いた。

今一人の柄本家の被官《ひかん》天草平九郎《へいくろう》と云うものは、主の退口《のきぐち》を守って、半弓を以て目に掛かる敵を射ていたが、その場で討死した。

竹内数馬の手では島徳右衛門が先ず死んで、次いで小頭添島九兵衛が死んだ。

高見権右衛門が十文字槍を揮って働く間、半弓を持った小姓はいつも槍脇*を詰めて敵を射ていたが、後には刀を抜いて切って廻った。ふと見れば鉄砲で権右衛門をねらっているものがある。

「あの丸《たま》はわたくしが受け止めます」と云って、小姓が権右衛門の前に立つと、丸が来て中った。小姓は即死した。竹内の組から抜いて高見に附けられた小頭千場作兵衛は重手《おもで》を負って台所に出て、水瓶《みずかめ》の水を呑《の》んだが、そのままそこにへたばっていた。

阿部一族は最初に弥五兵衛が切腹して、市太夫、五太夫、七之丞はとうとう皆深手に息が切れた。家来も多くは討死した。

高見権右衛門は裏表の人数を集めて、阿部が屋敷の裏手にあった物置小屋を崩させて、それに火を掛けた。風のない日の薄曇りの空に、烟《けむり》が真っ直に升《のぼ》って、遠方から見えた。それから火を踏み消して、跡を水でしめして引き上げた。台所にいた千場作兵衛、その外重手を負ったものは家来や傍輩が肩に掛けて続いた。時刻はちょうど未《ひつじ》の刻であった。

光尚は度々家中の主立ったものの家へ遊びに往くことがあったが、阿部一族を討ちに遣った二十一日の日には、松野左京《まつのさきょう》の屋敷へ払暁から出かけた。

館のあるお花畠《はなばたけ》からは、山崎はすぐ向うになっているので、光尚が館を出る時、阿部の屋敷の方角に人声物音がするのが聞こえた。

「今討入ったな」と云って、光尚は駕籠《かご》に乗った。

駕籠がようよう一町ばかり行った時、注進があった。竹内数馬が討死をしたことは、この時分かった。

　高見権右衛門は討手の総勢を率いて、光尚のいる松野の屋敷の前まで引き上げて、阿部の一族を残らず討ち取ったことを*執奏して貰った。光尚はじきに逢おうと云って、権右衛門を書院の庭に廻らせた。

　ちょうど卯《う》の花の真っ白に咲いている垣の間に、小さい枝折戸《しおりど》のあるのを開けて這入って、権右衛門は芝生の上に*突居《ついい》た。光尚が見て、「手を負ったな、一段骨折であった」と声を掛けた。黒羽二重の衣服が血みどれになって、それに引上の時小屋の火を踏み消した時飛び散った炭や灰がまだらに附いていたのである。

「いえ。かすり創でござりまする」権右衛門は何者かに水落《みずおち》をしたたか衝かれたが懐中していた鏡にあたって穂先がそれた。創は僅かに血を鼻紙ににじませただけである。

　権右衛門は討入の時の銘々の働きを精《くわ》しく言上して、第一の功を単身で弥五兵衛に深手を負わせた隣家の柄本又七郎に譲った。

「数馬はどうじゃった」

「表門から一足先に駆け込みましたので見届けません」

「さようか。皆のものに庭へ這入れと云え」

権右衛門が一同を呼び入れた。重手で自宅へ舁《か》いて行かれた人達の外は、皆芝生に平伏した。働いたものは血によごれている、小屋を焼く手伝ばかりしたものは、灰ばかりあびている。その灰ばかりあびた中に、畑十太夫がいた。光尚が声を掛けた。

「十太夫、そちの働きはどうじゃった」

「はっ」と云ったぎり黙って伏していた。十太夫は大兵の臆病者で、阿部が屋敷の外をうろついていて、引上の前に小屋に火を掛けた時、やっとおずおず這入ったのである。最初討手を仰せ附けられた時に、お次へ出る所を剣術者新免武蔵《*しんめんむさし》が見て、「冥加《みょうが》至極の事じゃ、随分お手柄をなされい」と云って背中をぽんと打った。十太夫は色を失って、弛んでいた袴《はかま》の紐《ひも》を締め直そうとしたが、手が震えて締まらなかったそうである。

光尚は座を起つ時云った。「皆出精《しゅっせい》であったぞ。帰って休息いたせ」

竹内数馬の幼い娘には養子をさせて家督相続を許されたが、この家は後に絶えた。高見権右衛門は三百石、千場作兵衛、野村庄兵衛は各五十石の加増を受けた。柄本又七郎へは米田監物《けんもつ》が承って組頭谷内蔵之允《くらのすけ》を使者に遣って、賞詞《ほめことば》があった。親戚朋友《しんせきほうゆう》がよろこびを云いに来ると、又七郎は笑って、「*元亀《げんき》天正の頃は、城攻野合せが朝夕の飯同様であった、阿部一族討取りなぞは茶の子の茶の子の朝茶の子じゃ」と云った。二年立って、正保元年の夏、又七郎は創が癒《い》えて光尚に拝謁した。光尚は鉄砲十挺を預けて、「創が根治するように湯治がしたくばいたせ、また府外に別荘地を遣《つかわ》すから、場所を望め」と云った。又七郎は益城《ましき》小池村《こいけむら》に屋敷地を貰った。その背後が藪山《やぶやま》である。「藪山も遣そうか」と、光尚が云わせた。又七郎はそれを辞退した。竹は平日も御用に立つ。戦争でもあると、竹束が沢山いる。それを私に拝領しては気が済まぬと云うのである。そこで藪山は永代《えいだい》御《お》預《あず》けということになった。

畑十太夫は追放せられた。竹内数馬の兄八兵衛は私に討手に加わりながら、弟の討死の場所に居合せなかったので、閉門を仰せ附けられた。また馬廻りの子で近習を勤めていた某は、阿部の屋敷に近く住まっていたので、「火の用心をいたせ」と云って当番を免《ゆる》され、父と一しょに屋根に上がって火の子を消していた。後に切角当番を免された思召《おぼしめ》しに背いたと心附いてお暇を願ったが、光尚は「そりゃ臆病ではない、以後はも少し気を附けるが好いぞ」と云って、そのまま勤めさせた。この近習は光尚の亡くなった時殉死した。

阿部一族の死骸は井出の口に引き出して、吟味せられた。白川で一人一人の創を洗ってみた時、柄本又七郎の槍に胸板を衝き抜かれた弥五兵衛の創は、誰の受けた創よりも立派であったので、又七郎はいよいよ面目を施した。

大正二年一月

心中

お金《きん》がどの客にも一度はきっとする話であった。どうかして間違って二度話し掛けて、その客に「ひゅうひゅうと云うのだろう」なんぞと、先《せん》を越して云われようものなら、お金の悔やしがりようは一通りではない。なぜと云うに、あの女は一度来た客を忘れると云うことはないと云って、ひどく自分の記憶を恃《たの》んでいたからである。それを客の方から頼んで二度話して貰ったものは、恐らくは僕一人であろう。それは好く聞いて覚えておいて、いつか書こうと思ったからである。

お金はあの頃いくつ位だったかしら。「おばさん、今晩は」なんと云うと、「まあ、あんまり可哀《かわい》そうじゃありませんか」と真面目に云って、救《すくい》を求めるように一座を見渡したものだ。「おい、万年新造《しんぞ》」と云うと、「でも新造だけは難有《ありがた》いわねえ」と云って、心《しん》から嬉しいのを隠し切れなかったようである。兎《と》に角《かく》三十は慥かに越していた。

僕は思い出しても可笑《おか》しくなる。お金は妙な癖のある奴だった。妙な癖だとは思いながら、あいつのいないところで、その癖をはっきり思い浮かべて見ようとしても、どうも分からなかった。しかし度々見るうちに、僕はとうとう覚えてしまった。お金を知っている人は沢山あるが、こんな事をはっきり覚えているのは、これも矢《や》っ張《ぱり》僕一人かも知れない。癖と云うのはこうである。

お金は客の前へ出ると、なんだか一寸《ちょっと》坐わっても直ぐにまた立たなくてはならないと云うような、落ち着かない坐わりようをする。それが随分長く坐わっている時でもそうである。そしてその客の親疎《しんそ》によって、「あなた大層お見限りで」とか、「どうなすったの、*鼬《いたち》の道はひどいわ」とか云いながら、左の手で右の袂を撮《つま》んで前に投げ出す。その手を吭《のど》の下に持って行って襟を直す。直すかと思うと、その手を下へ引くのだが、その引きようが面白い。手が下まで下りて来る途中で、左の乳房を押えるような運動をする。さて下りたかと思うと、その手が直ぐにまた上がって、手の甲が上になって、鼻の下を右から左へ横に通り掛かって、途中で留まって、口を掩《おお》うような恰好になる。手をこう云う位置に置《お》いて、いつでも何かしゃべり続けるのである。尤《もっと》も乳房を押えるような運動は、折々右の手ですることもある。その時は押えられるのが右の乳房である。

僕はお金が話した儘をそっくりここに書こうと思う。頃日《このごろ》僕の書く物の総《すべ》ては、神聖なる評論壇が、「上手な落語のようだ」と云う紋切形の一言で褒めてくれることになっているが、若《も》し今度も同じ*マンション・オノレエルを頂戴したら、それをそっくりお金にお祝儀に遣れば好いことになる。

＊　＊　＊

話は川桝《かわます》と云う料理店での出来事である。但しこの料理店の名は遠慮して、わざと嘘の名を書いたのだから、そのお積《つも》りに願いたい。

そこで川桝には、この話のあった頃、女中が十四五人いた。それが二十畳敷の二階に、目刺《めざし》を並べたように寝ることになっていた。まだ七十近い先代の主人が生きていて、隠居為事《しごと》にと云うわけでもあるまいが、毎朝五時が打つと二階へ上がって来て、寝ている女中の布団を片端からまくって歩いた。朝起《あさおき》は勤勉の第一要件である。お爺《じ》いさんのする事は至って殊勝なようであるが、女中達は一向敬服していなかった。それればかりではない。女中達はお爺いさんを、蔭で助兵衛《すけべ》爺《えじい》さんと呼んでいた。これはお爺いさんが為《た》めにする所あって布団をまくるのだと思って附けた渾名である。そしてそれが全くの寃罪でもなかったらしい。

暮に押し詰まって、毎晩のように忘年会の大一座があって、女中達は目の廻るように忙《せわ》しい頃の事であった。ある晩例の目刺の一疋《ぴき》になって寝ているお金が、夜なかにふいと目を醒ました。外《ほか》の女ならこんな時手水《ちょうず》にでも起きるのだが、お金は小用の遠い性《たち》で、寒い晩でも十二時過ぎに手水に行って寝ると、夜の明けるまで行かずに済ますのである。お金はぼんやりして、広間の真中に吊《つ》るしてある電灯を見ていた。女中達は皆好く寐《ね》ている様子で、所々で歯ぎしりの音がする。

その晩は雪の夜であった。寝る前に手水に行った時には綿をちぎったような、大きい雪が盛んに降って、手水鉢の向うの南天と竹柏《なぎ》の木とにだいぶ積って、竹柏の木の方は飲み過ぎたお客のように、よろけて倒れそうになっていた。お金はまだ降っているかしらと思って、耳を澄まして聞いているが、折々風がごうと鳴って、庭木の枝に積もった雪のなだれ落ちる音らしい音がする外には、只方々の戸がことこと震うように鳴るばかりで、まだ降っているのだか、もう歇《や》んでいるのだか分からない。

暫くすると、お金の右隣に寝ている女中が、むっくり銀杏返《いちょうがえ》しの頭を擡《もた》げて、お金と目を見合わせた。お松《まつ》と云って、痩せた、色の浅黒い、気丈な女で、年は十九だと云っているが、その頃二十五になっていたお金が、自分より精々《せいぜい》二つ位しか若くはないと思っていたと云うのである。

「あら。お金さん。目が醒めているの。わたし大ぶ寐たようだわ。もう何時。」

「そうさね。わたしも目が醒めてから、まだ時計は聞かないが、二時頃だろうと思うわ。」

「そうでしょうねえ。わたし一時間は慥かに寐たようだから。寝る前程寒かないことね。」

「宵《よい》のうち寒かったのは、雪が降り出す前だったからだよ。降っている間は寒かないのさ。」

「そうかしら。どれ憚《はばか》りに行って来よう。お金さん附き合わなくって。」

「寒くないと云ったって、矢っ張寝ている方が勝手だわ。」

「友達甲斐のない人ね。そんなら為方《しかた》がないから一人で行くわ。」

お松は夜着の中から滑り出て、鬆《ゆる》んだ細帯を締め直しながら、梯子段《はしごだん》の方へ歩き出した。二階の上がり口は長方形の間の、お松やお金の寝ている方角と反対の方角に附いているので、二列に頭を衝き合せて寝ている大勢の間を、お松は通って行かなくてはならない。

お松が電灯の下がっている下の処《ところ》まで歩いて行ったとき、風がごうと鳴って、だだだあと云う音がした。雪のなだれ落ちた音である。多分庭の真ん中の立石の傍《そば》にある大きい松の木の雪が落ちたのだろう。お松は覚えず一寸立ち留まった。

この時突然お松の立っている処と、上がり口との中途あたりで、「お松さん、待って頂戴、一しょに行くから」と叫ぶように云った女中がある。

そう云う声と共に、むっくり島田髷《しまだまげ》を擡げたのは、新参のお花《はな》と云う、色の白い、髪の縮《ちぢ》れた、おかめのような顔の、十六七の娘である。

「来るなら、早くおし。」お松は寝巻の前を掻き合せながら一足進んで、お花の方へ向いた。

「わたしこわいから我慢しようかと思っていたんだけれど、お松さんと一しょなら、矢っ張行った方が好いわ。」こう云いながら、お花は半身起き上がって、ぐずぐずしている。

「早くおしよ。何をしているの。」

「わたし脱いで寝た足袋《たび》を穿《は》いているの。」

「じれったいねえ。」お松は足踏《あしぶみ》をした。

「もう穿けてよ。勘弁して頂戴、ね。」お花はしどけない風をして、お松に附いて梯子を降りて行った。

便所は女中達の寝る二階からは、生憎《あいにく》遠い処にある。梯子を降りてから、長い、狭い廊下を通って行く。その行き留まりにあるのである。廊下の横手には、お客を通す八畳の間が両側に二つ宛《ずつ》並んでいてそのはずれの処と便所との間が、右の方は女竹《めだけ》が二三十本立っている下に、小さい石燈籠の据えてある小庭になっていて、左の方に茶室賽《まが》いの四畳半があるのである。

いつも夜なかに小用に行く女中は、竹のさらさらと摩《す》れ合う音をこわがったり、花崗石《みかげいし》の石燈籠を、白い着物を着た人がしゃがんでいるように見えると云ってこわがったりする。ある時また用を足している間じゅう、四畳半の中で、女の泣いている声がしたので、帰りに障子を開けて見たが、人はいなかったと云ったものがある。これは友達をこわがらせる為《た》めに、造《つく》り事《ごと》を言ったのであるが、その話を聞いてからは、便所の往き返りに、兎に角四畳半が気になってならないのである。殊に可笑《おか》しいのは、その造り事を言った当人が、それを言ってからは四畳半がこわくなって、とうとう一度は四畳半の中で、本当に泣声がしたように思って、便所の帰りに大声を出して人を呼んだことがあったのである。

＊　＊　＊

お金は二人が小用に立った跡《あと》で、今まで気の附かなかった事に気が附いた。それはお花の空床の隣が矢張空床になっていることであった。二つ並んで明いているので、目立ったのである。

そして、「ああお蝶《ちょう》さんがまだ寝ていないが、どうしたのだろう」と思った。お花の隣の空床の主はお蝶と云って、今年の夏田舎《いなか》から初奉公に出た、十七になる娘である。お蝶は*下野《しもつけ》の結城で機屋《はたや》をして、困らずに暮しているものの一人娘であるが、婿を嫌って逃げ出して来たと云うことであった。間もなく親元から連れ戻しに親類が出たが、強情を張って帰らない。親類も川桝の店が、料理店ではあっても、堅い店だと云うことを呑み込んで、とうとう娘の身の上をこの内《うち》のお上さんに頼んで置いて帰ってしまった。それが帰ると、また間もなく親類だと云って、お蝶を尋ねて来た男がある。十八九ばかりの書生風の男で、浴帷子《ゆかた》に小倉袴を穿いて、麦藁帽子を被って来たのを、女中達が覗いて見て、*高麗蔵《こまぞう》のした「*魔風恋風《まかぜこいかぜ》」の東吾《とうご》に似た書生さんだと云って騒いだ。それから寄ってたかってお蝶を揶揄《からか》ったところが、おとなしいことはおとなしくても、意気地のある、張りの強いお蝶は、佐野《さの》と云うその書生さんの身の上を、さっぱりと友達に打ち明けた。佐野さんは親が坊さんにすると云って、例の殺《せっ》生石《しょうせき》の云説で名高い、源翁禅師《げんおうせんし》を開基としている安穏寺《あんおんじ》に預けて置くと、お蝶が見初めて、いろいろにして近附いて、最初は容易に聴かなかったのを納得させた。婿を嫌ったのは、佐野さんがあるからの事であった。安穏寺の住職は東京で新しい教育を受けた、物分りの好い人なので、佐野さんの人柄を見て、うるさく品行を非難するような事をせずに、「君は僧侶になる柄の人ではないから、今のうちに廃《よ》し給《たま》え」と云って、寺を何がなしに逐《お》い出してしまった。そこで佐野さんは、内情を知らない親達が、住職の難癖を附けずに出家を止めるのを聞いて、げにもと思うらしいのに勢を得て、お蝶より先《さ》きに東京に出て、ある私立学校に這入《はい》った。お蝶が東京に出たのは、佐野さんの跡を慕って来たのであった。

佐野さんはその後も、度々川桝へお蝶に逢いに来て、一寸《ちょっと》話しては帰って行く。お客になって来たことはない。お蝶の親元からも度々人が出て来る。婿取の話が矢張続いているらしい。婿は機屋と取引上の関係のある男で、それをことわっては、機屋で困るような事情があるらしい。佐野さんは、初めはお蝶をなだめ賺《すか》すようにしてあしらっている様子であったが、段々深くお蝶に同情して来て、後にはお蝶と一しょになって、機屋一家に対してどうしようか、こうしようかと相談をする立場になったらしい。

こう云う入り組んだ事情のある女を、その儘使っていると云うことは、川桝ではこれまでついぞなかった。それを目をねむって使っているには、わけがある。一つはお蝶がひどくお上さんの気に入っている為めである。田舎から出た娘のようではなく、何事にも好く気が附いて、好く立ち働くので、お蝶はお客の褒《ほ》めものになっている。国から来た親類には、随分やかましい事を言われる様子で、お蝶はいつも神妙に俯向《うつむ》いて話を聞いていても、その人を帰した跡では、直ぐ何事もなかったように弾力を回復して、元気よく立ち働く。そしてその口の周囲には微笑の影さえ漂っている。一体お蝶は主人に間違ったことで小言を言われても、友達に意地悪くいじめられても、その時は困ったような様子で、謹んで聞いているが、直ぐ跡で機嫌を直して働く。そして例の微笑んでいる。それが決して人を馬鹿にしたような微笑ではない。怜悧《れいり》で何もかも分かって、それで堪忍して、おこるの怨《うら》むのと云うことはしないと云う微笑である。「あの、笑靨《えくぼ》よりは、口の端《はた》の処に、竪《たて》にちょいとした皺《しわ》が寄って、それが本当に可哀《かわゆ》うございましたの」と、お金が云った。僕はその時リオナルドオ・ダア・ヰンチのかいたモンナ・リザの画を思い出した。お客に褒められ、友達の折合《おりあい》も好い、愛敬のあるお蝶が、この内のお上さんに気に入っているのは無理もない。

今一つ川桝でお蝶に非難を言うことの出来ないわけがある。それは外の女中がいろいろの口実を拵《こしら》えて暇を貰うのに、お蝶は一晩も外泊をしないばかりでなく、昼間も休んだことがない。佐野さんが来るのを傍輩がかれこれ云っても、これも生帳面に素《す》話《ばなし》をして帰るに極まっている。どんな約束をしているか、どう云う中《なか》か分からないが、みだらな振舞をしないから、不行跡《ふぎょうせき》だと云うことは出来ない。これもお蝶の信用を固うする本《もと》になっているのである。

お金は宵に大分遅くなってから、佐野さんが来たのを知っている。外の女中も知っている。こんな事はこれまでもあったが、女中達が先きに寝て、暫く立ってから目が醒めて見れば、いつもお蝶はちゃんと来て寝ていたのである。それが今夜は二時を過ぎたかと思うのに、まだ床に戻っていない。何と云う理由《わけ》もなく、お金はそれが直ぐに気になった。どうも色になっている二人が逢って話をしているのだと云う感じではなくて、何か変った事でもありはしないかと気遣われるような感じがしたのである。

＊　＊　＊

お花はお松の跡に附いて、「お松さん、そんなに急がないで下さいよ」と云いながら、一しょに梯子段を降りて、例の狭い、長い廊下に掛かった。

二階から差している明りは廊下へ曲る角までしか届かない。それから先きは便所の前に、一燭《しょく》ばかりの電灯が一つ附いている丈《だけ》である。それが遠い、遠い向うにちょんぼり見えていて、却《かえっ》てそれが見える為めに、途中の暗黒が暗黒として感ぜられるようである。心理学者が「闇その物が見える」と云う場合に似た感じである。

「こわいわねえ」と、お花は自分の足の指が、先きに立って歩いているお松の踵《かかと》に障《さわ》るように、食っ附いて歩きながら云った。

「笑談《じょうだん》お言いでない。」お松も実は余り心丈夫でもなかったが、半分は意地で強そうな返事をした。

二階では稀に一しきり強い風が吹き渡る時、その音が聞えるばかりであったが、下に降りて見ると、その間にも絶えず庭の木立の戦《そよ》ぐ音や、どこかの開き戸の蝶番《ちょうつがい》の弛《ゆる》んだのが、風にあおられて鳴る音がする。その間に一種特別な、ひゅうひゅうと、微かに長く引くような音がする。どこかの戸の隙間から風が吹き込む音でもあるだろうか。その断えては続く工合が、譬《たと》えば人がゆっくり息をするようである。

「お松さん。ちょいとお待ちよ。」お花はお松の袖を控えて、自分は足を止めた。

「なんだねえ。出し抜けに袖にぶら下がるのだもの。わたしびっくりしたわ。」お松もこうは云ったが、足を止めた。

「あの、ひゅうひゅうと云うのはなんでしょう。」

「そうさねえ。梯子を降りた時から聞えてるわねえ。どこかここいらの隙間から風が吹き込むのだわ。」

二人は暫く耳を欹《そばだ》てて聞いていた。そしてお松がこう云った。「なんでもあんまり遠いとこじゃなくってよ。それに板の隙間では、あんな音はしまいと思うわ。なんでも障子の紙かなんかの破れた処から吹き込むようだねえ。あの手水場の高い処にある小窓の障子かも知れないわ。表の手水場のは硝子戸《がらすど》だけれども、裏のは紙障子だわね。」

「そうでしょうか。いやあねえ。わたしもう手水なんか我慢して、二階へ帰って寝ようかしら。」

「馬鹿な事をお言いでない。わたしそんなお附合いなんか御免だわ。帰りたけりゃあ、花ちゃんひとりでお帰り。」

「ひとりではこわいから、そんなら一しょに行ってよ。」

二人はまた歩き出した。一足歩くごとに、ひゅうひゅうと云う音が心持近くなるようである。障子の穴に当たる風の音だろうとは、二人共思っているが、なんとなく変な音だと云う感じが底にあって、それがいつまでも消えない。

お花は息を屛《つ》めてお松の跡に附いて歩いているが、頭に血が昇って、自分の耳の中でいろいろな音がする。それでいて、ひゅうひゅうと云う音だけは矢張際立って聞えるのである。お松も余り好い気持はしない。お花が陽にお松を力にしているように、お松も陰にはお花を力にしているのである。

便所が段々近くなって、電灯の小さい明りの照し出す範囲が段々広くなって来るのがせめてもの頼みである。

二人はとうとう四畳半の処まで来た。右手の壁は腰の辺から硝子戸になっているので、始《はじめ》て外が見えた。石灯籠の笠には雪が五六寸もあろうかと思う程積もっていて、竹は何本か雪に撓《たわ》んで地に着きそうになっている。今立っている竹は雪が堕ちた跡で、はね上がったのであろう。雪はもう降っていなかった。

二人は覚えず足を止めて、硝子戸の外を見て、それから顔を見合わせた。二人共相手の顔がひどく青いと思った。電灯が小さいので、雪明りに負けているからである。

ひゅうひゅうと云う音は、この時これまでになく近く聞えている。

「それ御覧なさい。あの音は手水場でしているのだわ。」お松はこう云ったが、自分の声が不断《ふだん》と変っているのに気が附いて、それと同時にぞっと寒けがした。

お花はこわくて物が言えないのか、黙って合点《がってん》々々をした。

二人は急いで用を足してしまった。そして前に便所に這入る前に立ち留まった処へ出て来ると、お松がまた立ち留まって、こう云った。

「手水場の障子は破れていなかったのねえ。」

「そう。わたし見なかったわ。それどこじゃないのですもの。さあ、こんなとこにいないで、早く行きましょう。」お花の声は震えている。

「まあ、ちょいとお待ちよ。どうも変だわ。あの音をお聞き。手水場の中よりか、矢っ張ここの方が近く聞えるわ。わたしきっとこの四畳半の障子だと思うの。ちょっと開けて見ようじゃないか。」お松はこん度常の声が出たので、自分ながら気強く思った。

「あら。およしなさいよ。」お花は慌てて、またお松の袖にしがみ附いた。

お松は袖を攫《つか》まえられながら、じっと耳を澄まして聞いている。直《じ》き傍のように聞えるかと思うと、またそうでないようにもある。慥かに四畳半の中だと思われる時もあるが、またどうかすると便所の方角のようにも聞える。どうも聞き定めることが出来ない。

僕にお金が話す時、「どうしても方角がしっかり分からなかったと云うのが不思議じゃありませんか」と云ったが、僕は格別不思議にも思わない。聴くと云うことは空間的感覚ではないからである。それを強いて空間的感覚にしようと思うと、ミュンス*テルベルヒのように内耳の迷路で方角を聞き定めるなどと云う無理な議論も出るのである。

お松は少し依怙地《えこじ》になったのと、内々《ないない》はお花のいるのを力にしているのとで、表面だけは強そうに見せている。

「わたし開けてよ」と云いさま、攫まえられた袖を払って、障子をさっと開けた。

廊下の硝子障子から差し込む雪明りで、微かではあるが、薄暗い廊下に慣れた目には、何もかも輪郭だけはっきり知れる。一目室内を見込むや否や、お松もお花も一しょに声を立てた。

お花はそのまま気絶したのを、お松は棄てて置いて、廊下をばたばたと母屋《おもや》の方へ駈け出した。

＊　＊　＊

川桝の内では一人も残らず起きて、廊下の隅々の電灯まで附けて、主人と隠居とが大勢のものの騒ぐのを制しながら、四畳半に来て見た。直ぐに使《つかい》を出したので、医師が来る。巡査が来る。続いて刑事係が来る。警察署長が来る。気絶しているお花を隣の明間《あきま》へ抱えて行く。狭い、長い廊下に人が押し合って、がやがやと罵る。非常な混雑であった。

四畳半には鋭利な刃物で、気管を横に切られたお蝶が、まだ息が絶えずに倒れていた。ひゅうひゅうと云うのは、切られた気管の疵口《きずぐち》から呼吸をする音であった。お蝶の傍には、佐野さんが自分の頸《くび》を深く剜《えぐ》った、白鞘の短刀の柄を握って死んでいた。頸動脈が断たれて、血が夥《おびただ》しく出ている。火鉢の火には灰が掛けて埋《うず》めてある。電灯には血の痕が附いている。佐野さんがお蝶の吭《のど》を切ってから、明りを消して置いて、自分が死んだのだろうと、刑事係が云った。佐野さんの手で書いて連署した遺書が床の間に置いてあって、その上に佐野さんの銀時計が文鎮《ぶんちん》にしてあった。お蝶の名だけはお蝶が自筆で書いている。文面の概略はこうである。「今年の暮に機屋一家は破産しそうである。それはお蝶が親の詞に背いた為めである。お蝶が死んだら、債権者も過酷な手段は取るまい。佐野も東京には出て見たが、神経衰弱の為めに、学業の成績は面白くなく、それに親戚から長く学費を給してくれる見込みもないから、お蝶が切に願うに任せて、自分は甘んじて犠牲になる。」書いてある事は、ざっとこんな筋であったそうだ。

川桝へ行く客には、お金が一人も残さず話すのだから、この話を知っている人は世間に沢山あるだろう。事によると、もう何かに書いて出した人があるかも知れない。

語注

高瀬舟

六　**＊高瀬川**　京都加茂川の水をひいた運河。二条木屋町から分岐し、伏見で宇治川に合流する。
＊同心　江戸時代、庶務や警護の任にあたった下級役人。
＊相対死　心中のこと。
＊入相の鐘　夕暮れ時に寺院で突かれる、墓六つ（午後六時ごろ）の鐘。
七　**＊宰領**　人や荷物の護送を監督し、付き添って行くこと。
＊白河楽翁　松平定信（一七五八―一八二九）のこと。白河藩主。楽翁・花月翁と号した。
＊政柄を執っていた　政権を握っていた。
＊寛政　元号。一七八九年から一八〇一年まで。
一一　**＊鳥目**　穴あき銭の異称。江戸時代までの銭貨が鳥の目に似ていることから。
一三　**＊五節句**　五つの節句。一月七日（人日）、三月三日（上巳）、五月五日（端午）、七月七日（七夕）、九月九日（重陽）の五つを指す。
十六　**＊毫光**　仏体から四方に放射する光線のこと。
十七　**＊空引**　空引機を用いて、花紋のある布地を織ること。

一八 ＊笛 のど笛。気管のこと。

二〇 ＊年寄衆 村役人や町役人のこと。

二二 ＊オオトリテエ autorité フランス語で権威のこと。

高瀬舟縁起

二三 ＊角倉了以 一五五四―一六一四。貿易や土木事業方面で活躍した京都の豪商。

＊和名鈔 「和名類聚抄」の略。日本最初の分類体漢和辞書。

＊釈名 中国の語学書。後漢の劉熙《りゅうき》の著書。

＊竹柏園文庫 国文学者・佐佐木信綱（一八七二―一九六三）の文庫。

＊和漢船用集 大阪の船大工・金沢兼光の著書。

二四 ＊翁草 神沢貞幹の随筆集。

＊池辺義象 一八六一―一九二三。明治大正の国文学者。

二五 ＊ユウタナジイ euthanasie フランス語で安楽死。

山椒大夫

二八 ＊越後の春日 現在の新潟県上越市の一部。

三二　*岩代の信夫群　現在の福島市の一部。
三三　*粔籹　蒸して乾燥したもち米を蜜であえて煎ったもの。
三六　*筑紫　現在の福岡県。
三七　*越中　現在の富山県。
三九　*海松　緑藻類の海草のこと。
　　　*越中宮崎　現在の富山県下新川郡朝日町。
四〇　*緡　銭の穴に刺して通してまとめる細縄のこと。
　　　*弘誓の舟　仏が衆生を救おうとする広大な誓願。
　　　*蓮華峰寺　現在の新潟県佐渡市にある真言宗の寺。
四二　*牽綅　舟の引き綱のこと。
　　　*鱗介　魚のこと。
四三　*能登・越前　ともに現在の石川県。
　　　*若狭　現在の福井県。
　　　*丹後の由良　現在の京都府宮津市由良。
四四　*几　脇息のこと。
四五　*いたつき　骨折り。「垣衣」は「忍ぶ」をかけたもの。
四六　*樏子　弁当を入れる箱のこと。
四七　*面桶　一人前ずつ飯を盛って配るのに用いた曲げ物。

四九 *勧進 寄付のこと。
五二 *馬道 二つの建物の間に廊下のように掛け渡した厚板。
五四 *白毫 仏の三十二相の一つで眉間にあって光を放つという白い毛。
*鏨 鋼鉄製ののみ。
五九 *大童 髪を結ばずふり乱した姿のこと。
六〇 *禿 髪型。短く切りそろえ、結ばずにたらしておくもの。
六六 *国分寺 聖武天皇の仏法普及と政治的活用の為、各国ごとに建てられた寺のこと。
六七 *律師 僧正・僧都の次で、官吏の五位に準ずる。
*偏衫 僧衣。左肩から右わきにかけて上半身をおおうもの。
六八 *宸翰 天皇の直筆。
*検校 寺社を監督する僧職。ただし、国分寺は国司の支配下。
*築泥 泥でぬりかためた塀。
六九 *田辺 現在の舞鶴市。
*三衣 僧が着用する三種の法衣。
*山城の朱雀野 現在の下京区朱雀。
七〇 *直衣 貴人の平常服。
*指貫 直衣の時に着用する、すそをひもで締める袴。
*陸奥掾 陸奥の国（現在の青森県）の三等官。

七一　*安楽寺　大宰府天満宮の廟地。
*百済国　現在の韓国。
*仙洞　位を譲られた天皇がお住まいになる御所。また、その天皇。
*違格　罪名。臨時に発布される規則（格）に違反すること。
*受領　諸国の長官に任命されること。
*謫所　罪のために流された場所。
七二　*除目　大臣以外の官職の任命式のこと。
*遙授の官　国司に任命された公卿が都にいて任地に赴かず。現地の下級官吏に事務をさせること。
*仮寧　休暇のこと。
*雑太　現在の佐渡の真野湾にのぞむあたり。
七三　*瘧病　現在でいうマラリアのこと。

阿部一族

七六　*肥後国　現在の熊本県。
*典医　お抱えの医者のこと。
*沙汰書　命令・指図の文書。

*添地　一定の敷地にさらに加増した土地のこと。
*革かになって　危篤状態になって。
七七 *遠江国　現在の静岡県。
七八 *高麗門　熊本城南西隅の外門のこと。
*方目　ツル目クイナ科の鳥。
*児小姓　元服前の少年近習のこと。
八〇 *中陰　人の死後四十九日間のこと。
八一 *値遇　正しくは「知遇」。人格の才能を認められ優遇されること。
*金口　釈迦の口。釈迦の説法のこと。
*机廻りの用　主君のそばに日夜つかえて、諸用を達する近習役。
八九 *歯せぬ　仲間に入れないこと。
*世故　世の中の風習。
九一 *尾張国　現在の愛知県。
*横目役　目付の指揮を受け、武士の挙動を監察する役。
九二 *出雲国　現在の島根県。
*阿菊物語　元和元年（一六一五）成立。大阪落城の際、淀君に仕えた若い女性の見聞を綴ったもの。
*丹後国　現在の京都府。

九三　*奥納戸役　奥向きの衣服・調度類の管理・出納を司った役。

九四　*飯行李　タケ・ヤナギ編で作った弁当箱。

九六　*常の詠草のよう　きめられた通りの歌稿の様式。

*触組　一種の閑職で、とくに職務はない。

九七　*肯綮に中っていて　急所をついていて。

*間然すべき所　非難すべき余地。

九九　*五月六日が来て　記述に誤りがある。五月六日に十八がいっせいに殉死した、という初稿の設定が訂正されぬまま混入されている。

一〇五　*苛察　こまかいことまで詮索すること。

一〇九　*井出の口　熊本、細川藩の刑場のあった地。

一一四　*摂津国　現在の大阪府・兵庫県にまたがる。

一一五　*横鑢　刀の柄に入る部分を仕上げたやすり目が、刀身に対し水平に切ってあるもの

*銀の九曜三並の目貫　銀製の目貫に、細川家定紋の九曜の星にかたどった三組の紋を配したもの。

一一九　*合印　味方であることのしるし。

*正盛　戦国時代備後国三原に住んだ刀工。正盛の作品。

一二一　*箙　矢を入れて背負う武具のこと。

*麦秋　麦の取り入れ時。陰暦五月の称。

一二二 ＊好うわせた　よくおいでになった。「わす」は敬語動詞「おはす（来る）」の略
一二四 ＊槍脇を詰めて　主人が槍で戦うすぐそばにいて。
一二六 ＊執奏　とりついで奏上すること。
＊突居た　かしこまった。
一二七 ＊新免武蔵　一五八九―一六四五。宮本武蔵。寛永十七年から細川家に滞在。
一二八 ＊元亀天正の頃は　一五七〇年から九一年ごろ。戦国乱世の時代。

心中

一三三 ＊鼬の道　行き来・交際・音信が途絶えること。
＊マンション・オノレエル　光栄ある紋切型。
一三九 ＊下野　現在の栃木県。
＊高麗蔵　歌舞伎役者の市川高麗蔵のこと。
＊魔風恋風　小杉天外の小説。
一四七 ＊ミュンステルベルヒ　ドイツの心理学者・哲学者。

初出
「高瀬舟」　一九一六年（大正五年）一月『中央公論』
「高瀬舟縁起」　一九一六年（大正五年）一月『心の花』
「山椒大夫」　一九一五年（大正四年）一月『中央公論』
「阿部一族」　一九一三年（大正三年）一月『中央公論』
「心中」　一九一一年（明治四四年）一月『中央公論』

※漢字・仮名・フリガナの表記は、読みやすさを考慮し、原文をそこなわない程度に改訂しております。なお、本文中およびＣＤにおいて、現代では不当・不適切と思われる語句や表現がありますが、作品発表時の時代背景ならびに文学性を考え、原文のままとしました。

『高瀬舟／山椒大夫 朗読CD付』付録

「高瀬舟」朗読CD

■朗読　鈴木達央

■STAFF
音響監督:田中英行
録音:早野利宏
スタジオ:デルファイサウンド
音響制作:デルファイサウンド
制作協力:フィフスアベニュー

■SPECIAL THANKS
アイムエンタープライズ

■朗読抜粋箇所
P14〜P22

※CD開封の際、粘着シールにご注意ください。

海王社文庫

高《たか》瀬《せ》舟《ぶね》／山《さん》椒《しょう》大《だ》夫《ゆう》　朗読CD付

2016年7月20日初版第一刷発行

著者　森《もり》鷗《おう》外《がい》
朗読　鈴木達央
発行人　角谷　治
発行所　株式会社 海王社
〒102-8405　東京都千代田区一番町29-6
TEL.03(3222)5119(編集部)　TEL.03(3222)3744(出版営業部)
www.kaiohsha.com
印刷　図書印刷株式会社

定価はカバーに表示してあります。　Design:Junko.K

Printed in Japan　ISBN978-4-7964-0878-3